DER GELÜFTETE VORHANG ODER LAURAS ERZIEHUNG

HONORÉ-GABRIEL RIQUETTI MIRABEAU

Laura an Eugenie

Weicht von mir, ihr einfältigen Vorurteile! Ihr seid nur etwas für furchtsame Seelen. Eugenie fordert, ihrer Einsamkeit überdrüssig, von ihrer Laura diesen kleinen Liebesdienst. Nichts kann mich zurückhalten, ihn ihr zu leisten, ja, meine liebste Eugenie, diese kostbaren Augenblicke, die ich in Deinen Armen erfahren durfte, diese Leidenschaft der Sinne, die jede von uns dazu getrieben hat, in den Armen der anderen ihr Vergnügen zu suchen, diese Gemälde unserer Jugend, aus denen wir den Rauschtrunk unserer Wollust keltern wollten, ich werde sie, um Dich zufrieden zu stellen, alle vor Dir ausbreiten. Du solltest alles erfahren, was ich seit den Tagen meiner zartesten Kindheit gedacht und erfahren habe. Alles, was ich je empfunden habe, wird vor Deinen Augen wieder lebendig werden. Ich werde vor Dir diese lebhaften Gefühle wiedererstehen lassen, die kostbare Bewegtheit, diese reizvolle Trunkenheit. Und jedes Wort, das ich Dir sage, wird aus den Quellen der Wahrhaftigkeit und Natürlichkeit gespeist werden. Ich werde meine Hand alle jene Ornamente meines Lebens nachzeichnen lassen, die Deiner entflammten Begierde würdig sind. Ich fürchte nicht, daß es mir an Kraft dazu mangeln wird. Denn Du selbst inspirierst und begeisterst mich ja. Du bist mir Venus und Apoll in einem.

Doch hüte Dich wohl, mein Herz, daß dieses Geständnis meines Lebens je Deinen Händen entgleite! Bedenke, Du befindest Dich in einem Heiligtum des Aberwitzes und der Torheit. Diese Nonnen sind alle zu fürchten, jene, die guten Glaubens sind, wie jene, die unter einem Schleier von Scheinheiligkeit die exquisitesten und raffiniertesten Lüste verbergen. Die Frauen lieben ganz allgemein den Schatten des Geheimnisvollen. Doch geben sie nur zu oft Furcht und Anstand ihrem Vergnügen preis. Dieses Werk darf niemals das Tageslicht sehen. Es ist nicht für die Augen des Pöbels gemacht, der die Aufrichtigkeit einer Frau nicht begreifen kann und den seine nichtswürdige Leichtgläubigkeit vor der nackten Natur zurückschrecken läßt.

Du glaubst nicht, meine teure Eugenie, wie uns die Männer — sogar die freizügigsten unter ihnen — um die Freiheit unserer Einbildungskraft beneiden. Sie wollen uns nur jene Freuden zubilligen, die ihnen selbst dienen. Wir sind in ihren Augen nichts als Sklavinnen, die es nicht wagen dürfen, die Hand der mächtigen Herren zu halten, die uns unterdrücken. Alles gehört ihnen, sie sind die Tyrannen, deren Vergnügen wir dienen müssen. Sie sind eifersüchtig, wenn wir unsererseits jemanden anschauen. Egoisten sind sie, die immer nur ihr eigenes Selbst im Auge haben. Am besten sollte niemand außer ihnen existieren.

Nur wenige von ihnen denken daran, uns an den Vergnügungen, die wir ihnen bereiten, teilnehmen zu lassen, ja, sie versuchen sich sogar Vergnügungen zu schaffen, indem sie uns quälen und den schmerzhaftesten Prozeduren unterziehen.

Welche bizarren Spielereien hat ihre Extravaganz nicht erfunden! Ihre Einbildungskraft, die nie zur Ruhe kommt, erlischt ebenso rasch, wie sie sich entzündet. Ihre Anstrengungen, ihre Perfidie und ihre unbeständigen Begierden irren von einem Objekt zum nächsten. Durch eine seltsame Perversion der Gefühle gestehen sie uns keinen der Genüsse zu, die sie sich anmaßen. Und das uns, deren Empfindsamkeit um so viel größer, deren Phantasie um so viel lebhafter und leichter entflammbar ist als die ihre.

Ah, diese grausamen Ungeheuer! Sie wollen unsere Sinnenfreudigkeit vernichten, und doch wäre unsere Kälte ihre Marter und ihr Unglück. Nur wenige spielen, um der Wahrheit die Ehre zu geben, mit offenen Karten. Aber es wäre selbst ihnen gegenüber unklug, wenn wir uns ihnen ganz enthüllen wollten.

Indessen wäre dieses Werk in den Händen jener Unglücklichen nicht weniger deplaziert, die nicht einmal die Liebe wärmen kann. Ich spreche von jenen phlegmatischen Frauen, die selbst die Aufmerksamkeit liebenswürdiger Männer nicht erregen kann, und von jenen schwerblütigen Männern, die nicht einmal die Schönheit zu begeistern vermag. Es gibt viele dieser unentschlossenen und trägen Tiere, die sich mit dem hochtrabenden Titel eines Künstlers oder Philosophen schmücken und deren geistige Ergüsse doch nur das Resultat einer Gallenkolik, eines melancholischen Anfalls und anderer Mißgeschicke sind. Kein Wunder, daß sie der Welt entfliehen, in der sie sich so wenig wohlbefinden.

Diese Leute verdammen natürlich ebenso wie das nutzlose Alter alle Vergnügungen, die ihnen verwehrt sind.

Es gibt andere, die von leidenschaftlichem Temperament sind. Doch die Vorurteile ihrer Erziehung und ihre Schüchternheit haben sie für eine Tugend begeistert, deren Wesen ihnen doch gänzlich unbekannt ist. Sie unterdrücken die natürlichen Ergüsse des Menschen und laufen einem Phantom nach. Die Liebe ist ihnen eine profane Gottheit, die es nicht verdient, daß sie ihr ihren Weihrauch streuen. Höchstens, daß sie ihr in Gestalt des Hymen etliche Male opfern. Ferner gibt es Fanatiker, die unter dem Vorwand der Ehre ihre Eifersucht verbergen. Das ist ein Verrat an der Liebe und eine Blasphemie gegen die liebenswürdigste aller Gottheiten.

Doch, meine liebe Eugenie, wir wollen doch niemanden schockieren. Bewahren wir unsere freimütigen Geständnisse deshalb so gut wie möglich. Nur für Dich öffne ich mein Herz. Es ist nur Deinetwegen, daß ich alle Schleier von dem Gemälde hinwegziehe, das vor Deinen Augen auszubreiten ich im Begriff bin. Möge es für die anderen verborgen bleiben, genauso wie die Freiheiten, die wir uns genommen haben.

Und so seien die folgenden Blätter nur der Freundschaft und der Liebe gewidmet. Mögen diese mit Wohlgefallen auf die schlüpfrigen Bilder blicken, die meine Feder nur zögernd enthüllt.

1. Kapitel

Ich beginne meine Geschichte mit meinem zehnten Lebensjahr. Meine Mutter starb an einer langwierigen Krankheit, die sie nach acht Monaten des Leidens zu Grabe brachte. Mein Vater tröstete mich über einen Verlust, den ich täglich mit bitteren Tränen beweinte. Seine Zuneigung, seine Gefühle, die mir so teuer waren, wurden ihm von meiner Seite auf das lebhafteste vergolten.

Ich war stets der Gegenstand seiner zärtlichsten Liebkosungen gewesen. Es verging kein Tag, an dem er mich nicht in seine Arme schloß und mich mit den süßesten Küssen überhäufte.

Ich erinnere mich noch daran, wie meine Mutter ihm eines Tages Vorhaltungen machte, daß er mich auf diese Weise verwöhnte. Er gab ihr eine Antwort, die mir später noch viel zu denken gab, obwohl seither bereits einige Zeit vergangen war.

„Worüber beklagen Sie sich, Madame? Ich habe keinen Grund zu erröten. Wenn sie meine Tochter wäre, so wären diese Vorwürfe vielleicht begründet, aber so fühle ich mich nicht in der Situation, das Beispiel Lots nachzuahmen. Ich bin glücklich, diese Zärtlichkeit für sie zu empfinden, die Sie so tadelnswert finden. Das, was Konvention und Gesetze bestimmen, ist keine Forderung der Natur. Es fällt daher dem denkenden Menschen leicht, sich darüber hinwegzusetzen."

Diese Antwort habe ich nie wieder aus dem Gedächtnis verloren. Das Schweigen meiner Mutter, das darauf folgte, ließ sie mir noch bedeutungsvoller erscheinen, ja, ich glaube, daß dieses Gespräch, das ich zufällig belauschte, und die Gedanken, die ich mir darüber machte, mich noch fester an meinen Vater banden. Ich begriff wohl, daß ich alles in meinem Leben seiner Freundschaft verdankte. Dieser Mann, der so liebenswürdig, geistvoll und weise war, vermochte wahrhaftig die zärtlichsten Gefühle zu erwecken. Die Natur hatte mich begünstigt, als ob die Liebe selbst mich geformt hätte. Du weißt, meine liebe Eugenie, daß ich in diesem Punkt nicht übertreibe. Von Kindheit an hatte ich eine hübsche und ebenmäßige Figur, eine schlanke Taille und einen ausgezeichneten Teint. Die Lebhaftigkeit meiner braunen Augen wurde durch einen sanften und zärtlichen Blick gemäßigt, und mein Haar fiel in schönen Locken auf meine Schultern. Ich hatte ein fröhliches Gemüt, wenn ich auch ein wenig zur Nachdenklichkeit neigte.

Mein Vater studierte meine Neigungen und meinen Geschmack, und er kultivierte meine Anlagen mit der größten Sorgfalt. Die größte Mühe verwandte er darauf, mich zur Wahrheitsliebe anzuhalten. Er wollte, daß ich nichts vor ihm verberge, und er erreichte dies auch mit Leichtigkeit. Denn es war unmöglich, ihm etwas zu verschweigen. Seine strengste Strafe bestand darin, mir seine Zärtlichkeit zu verweigern. Ah, wie habe ich die wenigen Male, da dies geschah, darunter gelitten!

Einige Zeit nach dem Tod meiner Mutter schloß mich dieser hervorragende Mann eines Tages besonders innig in seine Arme.

„Laurette, mein liebes Kind", sagte er, „Du bist nun beinahe elf Jahre alt, und Deine Tränen über den Verlust deiner Mutter sollten nun aufhören. Ich habe Dir genügend Zeit zur Trauer gelassen. Nun wollen wir durch vernünftige Beschäftigung für Deine Zerstreuung sorgen."

Tatsächlich habe ich eine brillante Erziehung genossen. Ich hatte nur einen einzigen Lehrmeister: Meinen Vater. Aber er unterrichtete mich in allem. In Malerei, Tanz, Musik und allen Wissenschaften war er gleicherweise ein Meister. Es war ihm nicht schwer gefallen, sich über den Tod meiner Mutter hinweg zu trösten. Ich wunderte mich darüber, und eines Tages konnte ich mich nicht enthalten, mit ihm darüber zu sprechen.

„Du mußt wissen, daß in einer Gemeinschaft, in der sich Charaktere und Temperamente ähneln, der Augenblick, in dem diese Übereinstimmung zerbricht, die Herzen der Einzelwesen zerreißt, die sich auf solche Weise miteinander verbunden fühlten. Weder Charakterstärke noch irgendeine Art von Philosophie helfen einem sensiblen Menschen, dieses Übel ohne Kummer zu ertragen. Auch die Zeit, von der es heißt, daß sie alle Wunden heilt, kann da nur wenig Linderung verschaffen. Wenn wir nicht durch die Bande der Sympathie mit einigen unserer Mitmenschen verbunden wären, gäbe es auf dieser Welt keine Trennung außer der, die durch die unvermeidlichen Naturgesetze verursacht wird, denen alles Leben unterworfen erscheint. Ein vernünftiger Mensch wird sich deshalb früher oder später mit dem Schmerz abfinden müssen, der keinem menschlichen Wesen erspart bleibt. Doch soll ich Dich in einem so wichtigen Punkt etwa täuschen, mein Kind? Gewiß nicht. Dies ist vielmehr ein Gegenstand, um darüber zu reden. Du kannst Dir selbst ein Urteil bilden. Stell dir also zwei Wesen vor, die in ihrer Veranlagung ganz verschieden sind, sich aber durch eine fragwürdige äußere Macht, sei es nun durch Konvention oder auch durch materielle Erwägungen, auf das intimste miteinander verbunden haben. Nimm an, diese Menschen haben durch eine flüchtige Täuschung ihrer Sinne zueinandergefunden. Oh, sie brauchen nur kurze Zeit, um zu erkennen, daß sie einer Illusion zum Opfer gefallen sind. Es dauert nicht lange, so lassen beide die Masken sinken, durch die sie einander getäuscht haben, jene Masken also, die ihren natürlichen Charakter verdecken. Wie glücklich werden diese beiden sein, sich wieder zu trennen!

Welch ein Glück bedeutet es, eine Kette zu sprengen, die durch die Gewohnheit zur Tortur wurde. Welch ein Glück, sich dann mit jemandem zu vereinen, der dem eigenen Charakter entspricht! Denn, meine Laurette, während zwei Menschen, deren Neigungen und Charaktere ganz und gar nicht zusammenpassen, ihre gegenseitige Gesellschaft fliehen, fühlen sie sich zu einem Wesen, das dem ihren kongenial ist, um so heftiger hingezogen. Glaube mir, die Übereinstimmung des Geschmacks und des Geistes ist für den Menschen ungleich wichtiger als der flüchtige Rausch der Sinne. Und ein Wort, eine gewisse Gedankenassoziation, ja selbst eine Gebärde kann die Übereinstimmung der Gefühle wie der Gedanken bezeugen. Überlege Dir nun, welche Qualen zwei Menschen leiden müssen, die durch die Ketten der Konvention und des gesellschaftlichen Scheins aneinander gefesselt sind, während doch alles in ihnen nach Trennung schreit. Welch eine Verstellung, welch schmerzliche Selbstbeherrschung!"

„Mein teurer Papa, Du nimmst mir alle Lust darauf, je zu heiraten. Ist das Deine Absicht?" warf ich zutiefst betroffen ein. „Ah nein, mein Kind. Ich wollte Dir nur eine Situation vor Augen führen, die mir nur zu gut bekannt ist. Und damit Du die Natürlichkeit und Vernunft meiner Ansichten besser verstehst, empfehle ich Dir zu lesen, was der Präsident von Montesquieu in seinen „Nachdenklichen Briefen" darüber geschrieben, hat. Wenn Alter und Vernunft Dich in die Lage versetzen, gegen unwürdige Vorurteile anzukämpfen, wird es Dir ein Leichtes sein, das richtig zu erkennen. Ich könnte Dir leicht Rechenschaft ablegen über alle Gedanken, die ich mir zu diesem Thema gemacht habe. Aber Deine Jugend erlaubt es mir nicht, mehr darüber zu sagen."

Damit beendete mein Vater dieses Gespräch.

Und nun, meine teure Eugenie, siehst Du die Szene sich verwandeln. Eugenie, liebste Eugenie, was soll ich Dir sagen? Die Schreie, die ich um mich zu hören glaube, der Zwiespalt unter den Menschen, den die Worte meines Vaters vor mir heraufbeschworen, lassen meine Feder sich sträuben. Aber die sanften Stimmen der Liebe und Freundschaft beruhigen mich wieder. Ich fahre also mit meiner Geschichte fort.

Wiewohl mein Vater ausschließlich mit meiner Erziehung beschäftigt schien, entdeckte ich doch nach etlichen Monaten eine gewisse Verwandlung an ihm. Er schien zerstreut und unruhig. Irgendetwas, von dem ich nicht wußte, was es war, schien ihn zu beschäftigen. Nach dem Tod meiner Mutter hatte er jeden gesellschaftlichen Verkehr abgebrochen, um sich ganz der Sorge um mich zu widmen. Wir lebten in einem großen und sehr bequemen Landhaus völlig für uns. Ich hatte wenig Ablenkung, und so nahm ich seine Ideen mit großem Eifer entgegen. Die Liebkosungen, die er mir zuteil werden ließ, verdoppelten sich mit der Zeit und schienen ihn zu beleben. Seine Augen bekamen dann einen lebhaften Glanz, seine Wangen röteten sich, seine Lippen brannten auf den meinen. Er liebkoste meinen Hintern, er legte seine Hand zwischen meine Schenkel und küßte meine Lippen und meinen Busen. Einmal tauchte er mich splitternackt in ein Bad. Ah, es war köstlich! Nachdem er mich am ganzen Körper mit einer duftenden Essenz eingerieben hatte, überhäufte er mich mit seinen Küssen. Sein Busen bebte, und seine Hände taten desgleichen. Niemals zuvor hatte ich ein so köstliches Bad gehabt. Diese himmlische Unordnung hinter uns! Aber mitten in den lebhaftesten Zärtlichkeiten verließ er mich und schloß sich in seinem Zimmer ein.

Wenige Tage später hatte ich plötzlich unter seinen brennenden Küssen ein Gefühl, wie ich es noch nie gehabt hatte. Unsere Lippen hatten einander wohl unzählige Male berührt, ja selbst seine Zunge berührte meinen in Zärtlichkeit hinschmelzenden Mund. Da fühlte ich das Feuer dieser Küsse in meine Adern dringen. Aber wieder löste sich mein Vater aus meinen Armen und enteilte. Ich blieb verstört und neugierig zurück. Auf jeden Fall wollte ich entdecken, was meinen Vater dazu veranlaßte, just nach einem Augenblick solcher Zärtlichkeiten in sein Zimmer zu eilen und sich dort einzuschließen. Ich versuchte hinter das Geheimnis zu kommen, indem ich durch die Fensterscheiben spähte. Aber der Vorhang, der auf der Innenseite der Fenster angebracht war, verhinderte die Sicht, so daß ich nicht entdecken konnte, was sich dort abspielte.

Wenige Tage darauf bekam er einen Brief der ihn zu erfreuen schien. Nachdem er ihn gelesen hatte, zog er mich beiseite und sagte: „Meine liebe Laura, Du kannst nicht ohne Gouvernante bleiben, und nun teilt man mir mit, daß morgen eine kommen wird. Sie soll ausgezeichnete Qualitäten haben, man widmet ihr förmlich Elogen. Wir werden sie uns ansehen, um uns selbst ein Urteil zu bilden."

Das war eine Neuigkeit, die mir nicht im Geringsten gefiel. Ich muß Dir gestehen, meine liebe Eugenie, daß mich ihre Ankunft jetzt schon störte, ohne daß ich hätte sagen können, warum. Diese in Aussicht gestellte Gouvernante mißfiel mir schon, obwohl ich sie noch gar nicht gesehen hatte.

Doch zurück zu den Tatsachen. Lucette kam an dem Tag, den sie angekündigt hatte. Sie war ein großes, sehr hübsches Mädchen, neunzehn oder zwanzig Jahre alt. Ihre Vorzüge waren ganz offensichtlich: Ein schöner, schneeweißer Busen, eine wundervolle Figur, an der nichts niedlich war.

Unregelmäßige, aber höchst pikante Züge. Ein schöner Mund, hinreißende Lippen, kleine Zähne von einem schimmernden Emailweiß. Ich war überrascht. Mein Vater hatte mich gelehrt, einen hübschen Mund zu erkennen, indem er unzählige Male den meinen gelobt hatte.

Lucette fügte übrigens all diesen Vorzügen einen ausgezeichneten Charakter hinzu, in dem sich Sanftmut, Güte und ein charmantes Wesen mischten. Ich wurde ungeachtet des Unbehagens, mit dem ich ihrer Ankunft entgegengesehen hatte, fast augenblicklich gut freund mit ihr. Und das, obwohl ich begriff, daß mein Vater ihre Erscheinung mit einer Befriedigung zur Kenntnis nahm, die offensichtlich war.

Ach, meine Liebe, wie gut, daß Neid und Eifersucht meinem Herzen fremd sind! Überdies ist es weder unsere Schönheit noch unser Verdienst, was das Begehren der Männer entfacht. Ihre Unbeständigkeit entzündet vielmehr einen flüchtigen Funken, der in Sekundenschnelle zu einem alles verzehrenden Brand anwachsen kann. Wenn sie darüber nachdächten, wie eilends kehrten sie zu einer Frau zurück, deren Sanftmut und Anpassungsfähigkeit es ihnen einst unmöglich erscheinen ließ, ohne sie zu leben. Wenn sie indessen nicht denken, was meist der Fall ist, geraten sie schnell auf Abwege. Ah — wie unsinnig, sich darüber den Kopf zu zerbrechen!

Natürlich dachte ich damals noch nicht mit so viel Scharfsinn über diese Dinge nach. Ich bemerkte wohl, daß mein Vater sich intensiver mit meiner neuen Gouvernante beschäftigte, als dies im Allgemeinen üblich sein mochte. Trotzdem empfand ich keine Eifersucht gegen Lucette. Ihre Zärtlichkeiten, die sich denen meines Vaters zugesellten, hielten jede unerfreuliche Regung von mir fern.

Mein Vater zeigte sich mir gegenüber unverändert, und heute schreibe ich dieses Betragen seiner Klugheit zu. Es dauerte eine gewisse Zeit, bis ich bemerkte, daß er sich keine Gelegenheit entgehen ließ, um in Lucettes Nähe zu sein. Doch traf sich meine Vorliebe für Lucette mit der seinen, und so hatte ich daran nichts auszusetzen. Lucette schlief in meinem Zimmer, das unmittelbar neben dem meines Vaters lag. Doch am Morgen, gleich nach dem Erwachen, kam er meistens herüber, um uns zu umarmen und mit uns ein wenig zu scherzen. Wir lagen in einem riesigen Bett nebeneinander. So hatte er genügend Möglichkeit, sich nach Belieben mit uns zu amüsieren. Ich weiß heute, daß er Lucette eine ganze Reihe von Avancen machte, und natürlich wies sie diese nicht gerade zurück. Aber sie ermutigte ihn auch nie in meiner Gegenwart, wie ich es gerne gesehen hätte. Ich wunderte mich im Stillen über ihre Zurückhaltung. Da ich nach mir selbst urteilte, dachte ich, daß alle Welt diesem so liebenswürdigen Mann gegenüber, den ich so leidenschaftlich liebte, ganz ähnlich wie ich empfinden musse. Ich brachte es niemals fertig, ihm etwas zu verwehren oder ihm Vorwürfe zu machen. Eines Tages fragte ich Lucette: „Warum, meine Teure, lieben Sie Papa nicht, wo er doch so von Freundschaft zu Ihnen erfüllt scheint? Wirklich, Sie sind sehr undankbar."

Sie lachte zu diesen Vorwürfen und versicherte mir, daß sie ungerecht seien. Doch es sollte anders kommen, als ich es erwartet hatte.

Eines Abends nach dem Souper zogen wir uns in mein Zimmer zurück. Mein Vater schenkte uns noch einen Liqueur ein, der offenbar die Eigenschaft hatte, den Schlummer zu begünstigen. Ich fühlte mich bald schlaftrunken, obwohl ich nur wenig davon genommen hatte, und kaum daß eine halbe Stunde vergangen war, so schien auch Lucette eingeschlafen zu sein. Mein Vater nahm mich nach einer Weile in seine Arme, trug mich in sein Zimmer und legte mich dort auf sein Bett. Darauf verließ er mich wieder. Ich wunderte mich über dieses neue Arrangement und war im Nu wieder wach. Mit einem raschen Schritt eilte ich zu der Glastür, die unsere Zimmer trennte, und lüftete das Ende des Vorhangs ein wenig, der mir den Blick nach drüben verwehrte.

Ich war sehr erstaunt, geradewegs auf Lucettes völlig entblößten Busen zu sehen. Welch schöne Brüste! Zwei Halbkugeln von schneeigem Weiß, auf denen sich zwei reizende, rosig schimmernde Erdbeeren erhoben, bewegten sich im Rhythmus ihrer Atemzüge. Mein Vater betrachtete sie, nahm sie in die Hand, küßte sie leidenschaftlich und begann daran zu saugen.

Umsonst, nichts weckte Lucette. Schließlich zog er sie an den Rand des Bettes, und zwar so, daß sie mir zugewandt war. Er schob ihr Hemd nach oben, und ich sah zwei alabasterweiße Schenkel, rund und wohlgeformt. Er zog sie behutsam auseinander, so daß ich ihr hübsches Kraushaar und die rosenfarbene Furche dazwischen sehen konnte. Sanft zog er die rosigen Lippen auseinander und legte die Finger dazwischen. Aber trotz aller Bemühungen seiner Hand blieb sie unbeweglich. Erregt durch den Anblick, der sich mir bot, und durch sein Beispiel belehrt, imitierte meine Hand die Bewegungen, die ich ihn vollziehen sah. Das Resultat war eine Empfindung, die mir bis dahin völlig unbekannt war.

Mein Vater legte Lucette nun auf das Bett zurück und ging dann zur Tür, um sich zu vergewissern, daß sie verschlossen sei. Ich floh ins Bett zurück und stellte mich schlafend. Er kehrte zurück, und ich probierte mein neues Wissen aus, indem ich meine Hand wieder in jene verborgenen Regionen führte. Ich geriet in Glut, und es dauerte nicht lange, so empfand ich ein so leidenschaftliches Vergnügen, daß meine Seele darin hinzuschwinden drohte. Ich versank in einen Zustand, der mir bisher völlig unbekannt gewesen war und den ich deshalb umso eifriger genoß.

Als ich aus meiner süßen Betäubung wieder erwachte, stellte ich mit Erstaunen fest, daß ich an einem gewissen Ort ganz feucht geworden war. Das beunruhigte mich für einen Augenblick sehr, doch bald fiel ich in einen erquickenden Schlaf, der durch die angenehmsten Träume versüßt wurde. Das Bild meines Vaters, wie er Lucette liebkost hatte, stand mir noch immer vor Augen, und als ich am anderen Morgen selbst unter seinen Liebkosungen erwachte, gab ich sie ihm mit doppeltem Eifer zurück.

Ich bewunderte die Klugheit dieser beiden schönen Menschen, die sich untertags so außerordentlich zu beherrschen wußten, eine unzweifelhafte Gemeinsamkeit zu verbergen. Ich malte mir aus, wie sie das wiederholten, was ich gestern durch einen Zufall gesehen hatte. Es war mir unmöglich, mich von diesem Gedanken loszureißen. Ich starb vor Begierde, Zeuge dieses Schauspiels zu werden. Du kannst Dir das leidenschaftliche Verlangen, das mich beseelte, wohl ausmalen, meine Liebe. Doch gemach! Der Augenblick, in dem ich alles erfahren sollte, kam unweigerlich näher.

Einige Tage nach diesem Ereignis fand ich eine Gelegenheit, meine Begierde zu stillen. Mein Vater war ausgegangen, Lucette beschäftigt. Das gab mir Zeit genug, in Papas Zimmer zu schlüpfen und den bewußten Vorhang so zu befestigen, daß er eine Ecke freiließ. Von diesem

Arrangement wollte ich profitieren. Am nächsten Morgen geschah es dann. Mein Vater, der nur einen leichten seidenen Hausmantel trug, zog die gleichfalls nur nachlässig bekleidete Lucette mit sich. Sie waren vorsichtig genug, die Tür zu schließen und den Vorhang zuzuziehen. Doch meine kleine Vorsichtsmaßnahme war erfolgreich. Der bewußte Winkel blieb frei. Ich eilte an die Tür und spähte hindurch. Ich entdeckte Lucette. Ihre Brüste waren völlig entblößt. Mein Vater hielt sie in seinen Armen und bedeckte sie mit Küssen. Dann schienen die beiden von ihrem Verlangen überwältigt. Unterröcke, Korsett, Hemd, alles flog auf den Boden. Oh, wie schön erschien mir Lucette in diesem Zustand, in dem ich sie niemals zuvor gesehen hatte. Sie strahlte die Frische und Anmut der Jugend wider.

Liebe Eugenie, die Schönheit der Frauen ist doch eine wundersame Macht, der sogar wir Frauen uns nicht ganz entziehen können, ja, meine Liebe, sie ist lockend selbst für unser eigenes Geschlecht. Diese sanft gerundeten Formen, der Samt und die reizenden Farben einer gepflegten Haut sind schlechthin unwiderstehlich. Du hast mich in den Armen gehalten und weißt das. Es ist Dir nicht viel anders als mir ergangen.

Mein Vater befand sich übrigens in einem ganz ähnlichen Zustand wie jenem, in den er Lucette gebracht hatte, und das war für mich ein völlig neuer Anblick. Er trug sie auf sein Bett, und ich unternahm alle Anstrengungen, die beiden weiter zu beobachten, obwohl das gar nicht so einfach war, weil der Vorhang meine Sicht behinderte.

Da sie sich ungestört glaubten, erlegten sie sich nicht die geringste Hemmung auf. Lucette lag auf ihm, ihr hübsches Hinterteil ragte in die Luft, ihre Schenkel waren gespreizt. So ließ sie mich, ohne es zu wollen, die ganze Öffnung ihrer Spalte sehen, die sich dunkel zwischen zwei hübschen Schamlippen hinzog. Diese Situation schien ganz geeignet, meine Neugier zu befriedigen. Mein Vater, dessen Kniee nach oben ragten, präsentierte meinen Blicken ein erstaunliches Objekt: Ein mächtiges Glied, das prall und steif aus dem Haarwald hervorstach, der seine Wurzel umgab. Der Kopf dieses Instruments war rötlich gefärbt und zur Hälfte mit einer Haut bedeckt, die sich anscheinend mühelos zur Seite schieben ließ. Ich sah diesen erstaunlichen Gegenstand in Lucettes Spalte verschwinden und wieder auftauchen. Sie küßten sich, und die Seufzer, die ihren Lippen entflohen, bewiesen, daß sie dabei ein überaus großes Vergnügen empfanden. Schließlich sah ich dieses prächtige Instrument wieder auftauchen. Karmesinrot und ganz feucht von einer weißlich schäumenden Flüssigkeit, die sich ungestüm auf Lucettes Schenkel ergoß. Du kannst dir vorstellen, meine liebe Eugenie, in welcher Situation ich mich befand, mit einem solch eindrucksvollen Gebilde vor Augen.

Leidenschaftlich erregt und von bisher unbekannten Gefühlen durchdrungen, bediente ich mich meiner vorwitzigen Finger, um wenigstens auf diese Weise an einer Lust teilzunehmen, die ich so leidenschaftlich gern in ihrem vollen Umfang erfahren hätte.

Es kam, wie es kommen mußte: Meine Unklugheit verriet mich. Mein Vater, der während der verflossenen halben Stunde bestimmt keinen Gedanken an mich verschwendet hatte, entdeckte plötzlich den gelüfteten Vorhangzipfel. Er löste sich aus Lucettes Armen, legte seinen Morgenrock an und näherte sich der Tür. Ich versuchte mich vorsichtig zurückzuziehen. Er untersuchte den Vorhang und entdeckte natürlich mein kleines Manöver. Doch wartete er, bis Lucette sich angezogen hatte. Ich wunderte, mich, wo er blieb, und kehrte, von Neugier getrieben, auf meinen Beobachtungsposten zurück.

Wie erschrak ich doch, als ich das Gesicht meines Vaters unmittelbar vor mir auf der anderen Seite des gelüfteten Vorhangs entdeckte. Der Schreck nagelte mich beinahe auf der Stelle fest. Ich wußte nicht, sollte ich bleiben oder fliehen. Ich bemerkte wohl, daß Lucette mit ihrer Toilette fast fertig war. Er kehrte zu ihr zurück und gab ihr Anweisungen für den Haushalt. Sie verließ das Zimmer durch die entgegengesetzte Tür, und ich fand mich mit ihm allein.

Ah, in welchem Zustand befand ich mich! Zitternd und bleich konnte ich nicht verbergen, was mit mir vorgegangen war. Doch mein teurer Vater nahm mich, anstatt zu schelten, in die Arme und überhäufte mich mit hundert Küssen. „Beruhige Dich, meine teure Laura", sagte er. „Wie könntest Du auch bei meinem Anblick erschrecken. Fürchte nichts, meine geliebte Tochter! Du weißt wohl, was ich Dir immer gesagt habe. Ich fordere von Dir nichts als die Wahrheit. Ich möchte, daß Du in mir mehr Deinen Freund siehst als Deinen Vater. Wirklich, ich bin nichts als Dein Freund, und ich möchte, daß Du Dir dessen allzeit bewußt bleibst. Darum bitte ich Dich, mein Kind, verschweige mir nichts. Sag mir, was Du durch diesen Vorhang gesehen hast, während ich mit Lucette zusammen war. Ich beschwöre Dich, sag mir die Wahrheit! Du hast keinen Grund, etwas zu befürchten. Doch wenn Du es nicht tust, wirst Du damit rechnen müssen, daß ich Deine Erziehung in einem Konvent beenden lasse."

Diese Institutionen haben für mich von jeher einen intensiven Schrecken gehabt. Dabei wußte ich doch wenig genug davon. Doch es mußte ein schrecklicher Unterschied bestehen zwischen dem Leben einer solch unglücklichen Eingeschlossenen und dem erfreulichen Dasein, das ich bei meinem Vater führte. Im Übrigen zweifelte ich nicht daran, daß er überzeugt war, ich hätte alles gesehen. Und schließlich — hatte ich denn je ein Geheimnis vor ihm gehabt?

Ich erzählte ihm also von Anfang an alles, und er schien darüber gar nicht böse zu werden. Wirklich, er geriet nicht im Geringsten in Zorn, so genau ich ihm auch die Bilder, die ich gesehen hatte, ausmalte. Vielmehr ermutigte er mich durch seine Zärtlichkeiten, und ich verlor schließlich alle Scheu und sprach ganz offen über jene Dinge, die meine Phantasie so sehr beschäftigten.

„Meine teure Laurette", sagte er schließlich, „Du hast mir noch nicht alles gesagt." Seine Hand ruhte auf meinen Lenden, und seine Lippen berührten die meinen. „Komm, sag mir alles, versuch nicht, mir etwas zu verbergen."

Ich gestand ihm, daß ich durch eine gewisse Reibung an meinem Körper versucht hatte, dasselbe zu tun, was ich ihn mit Lucette hatte tun sehen, und daß ich dabei eine Art von Vergnügen empfunden habe, das mir bisher ganz fremd gewesen sei. Auch verschwieg ich ihm nicht, daß ich davon ganz feucht geworden war und daß ich dieses aufregende Spiel seither etliche Male wiederholt hatte.

„Aber, mein teures Kind, als Du gesehen hast, wie ich in Lucette eindrang, bist Du da nicht auf die Idee gekommen, Deinen Finger auf eine ähnliche Weise zu verwenden?"

„Nein, liebster Vater, dieser Gedanke ist mir wirklich nicht gekommen", versicherte ich ihm. „Nimm Dich in Acht, Laura, täusche mich nicht, denn Du kannst dies nicht vor mir verbergen. Es ist dies eine sehr ernste Angelegenheit."

Ich versicherte ihm wahrheitsgemäß und mit allem Nachdruck, daß ich nichts dergleichen getan hätte. Er schien beruhigt und umarmte mich auf das herzlichste. Wir gingen in sein Zimmer, und er legte mich auf sein Bett, zog mich aus und betrachtete mich mit großer Aufmerksamkeit. Seine Hände öffneten die zwei fleischigen Lippen zwischen meinen Schenkeln, und er versuchte mit seinem kleinen Finger dazwischen einzudringen. Ein heftiger Schmerz erfaßte mich, und ich brach in Tränen aus. Er hielt augenblicklich inne.

„Sie ist ganz entzündet, meine teure Kleine. Ich sehe wohl, daß Du mich nicht getäuscht hast. Diese Rötung kommt ohne Zweifel von der Reibung, mit der Du Dich vergnügt hast, während Du mich bei Lucette gesehen hast."

Ich gestand ihm, daß es mir nicht gelungen sei, dieses Vergnügen zu vervollständigen. Meine Wahrhaftigkeit wird durch einen Kuß an einer höchst merkwürdigen Stelle belohnt. Seine Zunge beginnt mich zu liebkosen und verursacht mir eine köstliche Sensation. Solche Zärtlichkeiten sind für mich neu, und um ihn dafür zu belohnen, tasten meine Hände nach diesem wundervollen Instrument, das ich vorhin gesehen hatte und das sich nun unter seinem Morgenrock bemerkbar macht. Ich nehme es unwillkürlich in die Hand und öffne mit der anderen seinen Hausmantel, so daß ich es sehen kann. Er läßt mich gewähren, und ich habe nun das Vergnügen, dieses kostbare Instrument aus der Nähe zu besichtigen. Oh, wie liebenswürdig und einzigartig erscheint es mir! Ich dachte in diesem Augenblick, daß dies die wahre Triebfeder allen Vergnügens sei. Oh, diese Haut, die sich mit meinen Bewegungen hob und senkte und den Kopf dieses köstlichen Gliedes einmal auftauchen und dann wieder verschwinden ließ!

Doch wie groß war mein Erstaunen, als ich mich nach etlichen Augenblicken, in denen ich dieses heiß pulsierende Instrument in meinen Händen liebkost hatte, von demselben brennenden Tau besprengt fühlte, der die blendenden Schenkel meiner schönen Gouvernante besprüht hatte!

Ich schmolz in leidenschaftlichen Seufzern hin, und er verdoppelte die Zärtlichkeiten, die er mir entgegenbrachte. Das Vergnügen zeitigte in mir die lebhaftesten Empfindungen. Schließlich bereitete er mir eine unerhört köstliche Sensation: Seine Zunge vollführte die Übungen, die sein Finger schon so virtuos durchgeführt hatte. Ich fühlte mich erschöpft.

„Ah . . . mon cher papa. Ich fühle mich sterben . . .“

Halb ohnmächtig lag ich in seinen Armen.

Von diesem Tage an wurde alles für mich zu einer Quelle der Erkenntnis. War ich vorher unwissend gewesen, so wuchs mein Wissen nun mit jedem Tag. Es schien, als sei das Instrument, das ich berührt hatte, der wunderbare Schlüssel zu allen Weisheiten der Welt. Mein teurer Vater erschien mir noch einmal so liebenswert, und meine Zärtlichkeit für ihn kannte keine Grenzen. Sein ganzer Körper fand sich bald meinen liebkosenden Händen ausgeliefert. Meine Küsse und Zärtlichkeiten duldeten keine Unterbrechung, und das Feuer, das sie in ihm entfachten, verdoppelte meine Leidenschaft für ihn.

Doch zurück zu jenem denkwürdigen Tag! Er führte mich in mein Zimmer, wohin meine Gouvernante wenige Augenblicke später nachfolgte. Ich wunderte mich, daß er ihr unser Einverständnis sogleich eröffnete.

„Lucette“, sagte er, „es ist unnötig, daß wir uns wegen Laura genieren. Sie weiß alles über uns.“

Er wiederholte ihr, was ich ihm gesagt hatte, und zeigte ihr, was ich mit dem Vorhang gemacht hatte. Sie schien betroffen. Aber ich setzte mich auf ihren Schoß, und meine Zärtlichkeiten beruhigten sie rasch und fegten den kleinen Ärger hinweg, den sie darüber empfand, daß sie so entdeckt worden war. Mein Vater umarmte uns beide und verließ uns. Etwa eine Stunde später kam er wieder, mit einer Frau, die mich völlig entkleiden ließ und von mir gewisse Maße für einen Gegenstand nahm, den ich mir nicht vorstellen konnte.

Als es Zeit zum Schlafen war, legte ich mich wie gewöhnlich neben Lucette zur Ruhe. Aber eine gewisse Unruhe hinderte meinen Vater, seinerseits sein Schlafzimmer aufzusuchen, und schließlich legte er sich zu uns ins Bett. Ich befand mich also zwischen den beiden. Er hielt mich in seinen Armen, legte seine Hand zwischen meine Schenkel und duldete es nicht, daß ich auch meine dorthin führte. Da ergriff ich sein Instrument und war sehr erstaunt, es in einem ganz anderen Zustand zu finden, als ich es zuvor gesehen hatte. Ich wußte natürlich noch nichts von den merkwürdigen Veränderungen, welchen dieses wundervolle Werkzeug unterworfen ist, sondern ich dachte, es bliebe immer gleich groß, stark und schwellend. Es dauerte auch nicht lange, so nahm es unter der Berührung meiner Hand wieder jene Festigkeit und jenen Umfang an, den ich so gut kannte. Lucette, die uns beobachtete, wunderte sich über sein Benehmen und konnte schließlich gewisse Vorhaltungen nicht mehr zurückhalten.

„Wirklich, Monsieur, die Art, wie Sie mit Laurette umgehen, setzt mich in Erstaunen. Sie behandeln das Kind, wie Sie es mit mir zu tun pflegen. Bedenken Sie doch, es ist Ihre eigene Tochter!“

Doch mein Vater ließ sich dadurch nicht aus der Fassung bringen.

„Sie ist es, und sie ist es auch wieder nicht“, gab er zur Antwort. „Dies ist ein Geheimnis, das ich ihrer Diskretion und der unserer kleinen Laurette anvertraue, in deren Interesse es bewahrt werden soll. Aber die Umstände machen es notwendig, daß ihr darüber Bescheid wißt.

Ich kannte ihre Mutter ganze vierzehn Tage, als ich sie heiratete. Schon am ersten Tag entdeckte ich, daß sie schwanger war. Ich sagte mir aber, daß es, nachdem diese Heirat einmal vollzogen war, klüger sei, nichts darüber verlauten zu lassen. Also entführte ich sie in ein kleines, entlegenes Provinznest, wo uns keiner kannte. Nach vier Monaten kam Laura zur Welt und bewies durch ihr gesundes Aussehen und ihre Lebhaftigkeit nur zu deutlich, daß sie keine Frühgeburt war. Ich blieb danach noch sechs Monate in der Provinz und sorgte dafür, daß niemand von dem Mißgeschick meiner jungen Ehe erfuhr. Ihr seht wohl, daß dieses Kind, das mir so teuer ist, eben doch nicht meine leibliche Tochter ist. Sie ist mir dem Blut nach völlig fremd, doch umso teurer wurde sie meinem Herzen. Kein innerer Zweifel kann mich hindern, sie zu lieben, und alle anderen Erwägungen lassen sich nicht mit der Vernunft vereinen, der ich ein Leben lang gedient habe."

Ich erinnerte mich in diesem Augenblick der Antwort, die er einst auf die Vorwürfe meiner Mutter gefunden hatte. Das also war des Rätsels Lösung! Nun verstand ich auch, daß meine Mutter darauf geschwiegen hatte. Auch Lucette schien von der Tragweite dieser Eröffnung betroffen.

„Aber wie haben Sie mit Ihrer Gattin gelebt, nachdem dies zutage gekommen war?" wollte sie wissen.

„Ganz einfach, wir waren uns völlig gleichgültig, und bis auf das eine Mal, von dem Laura eben berichtete, haben wir niemals über diesen Vorfall gesprochen. Der Comte de Norval, der leibliche Vater Laurettes, ist ein liebenswürdiger Kavalier, interessant, eine hervorragende Erscheinung und mit allen jenen Eigenschaften begabt, die ihn einer Frau begehrenswert erscheinen lassen müssen. Ich konnte unmöglich erstaunt sein, daß ein junges Mädchen sich von ihm verführen ließ. Andererseits konnte sie ihn nicht heiraten, denn er war ihrer Familie weder wohlhabend noch einflußreich genug. Wenn nun auch Laura nicht meine natürliche Tochter ist, so steht sie meinem Herzen doch so nahe, als ob sie es wäre, ja, vielleicht bringe ich ihr ohne diese natürliche, durch Blut und Herkommen bestimmte Bindung sogar noch eine zärtlichere Zuneigung entgegen. Aber nichtsdestoweniger machte es dieses Ereignis unmöglich, mich ihrer Mutter jemals zu nähern. Ich empfand gegen sie eine sehr starke Abneigung und hätte sie ohne Zweifel verlassen, wenn ich es nicht gescheut hätte, Laurette diesen Schmerz zuzufügen. Ihr Charakter und ihr Temperament waren für mich eine ständige Herausforderung zum Streit, und ich bedurfte oft großer Selbstbeherrschung, dies zu verbergen."

Meine schöne Gouvernante war von dieser Erzählung fast ebenso betroffen wie ich. Sie umarmte mich zärtlich und erwies mir tausend Artigkeiten, die mir bewiesen, daß sie ihre Bedenken überwunden hatte. Ich erwiderte ihre Liebkosungen auf das lebhafteste, indem ich nach ihren reizenden Brüsten faßte, sie küßte, wie ich es bei meinem Vater gesehen hatte, und an ihren Spitzen zu saugen begann.

Mein Vater — ich nenne ihn noch immer so, obwohl er es ja nicht ist — legte seine Hand auf die meine und ergriff sie, um sie auf dem schönen, sanft gerundeten Leib Lucettes spazieren zu führen. Behutsam glitten meine Finger über Lucettes Schoß und die Innenseite ihrer Schenkel entlang. Ihre Haut war samtig weich. Die starke Hand, die mich führte, lenkte meine Finger, bis sie sich in der Furche zwischen ihren Schenkeln befanden. Ich bemerkte wohl, daß ich ihr Vergnügen bereitete, wenn ich einen bestimmten Punkt berührte, der sich schwellend und hart aus dieser Furche erhob.

„Gut, ausgezeichnet! Laurette, laß Deine Hand da, wo sie ist, und hör nicht auf mit ihrer Klitoris zu spielen, während ich meinen Finger in ihrer hübschen kleinen Grotte spazieren gehen lasse", ermutigte mich mein Vater.

Lucette zog mich in ihre Arme und liebkoste meinen Hintern. Sie nahm das Glied des Mannes, der uns beiden so teuer war, und führte es zwischen meine Schenkel. Aber er versuchte nicht einzudringen, wie ich es bei Lucette gesehen hatte, sondern verharrte da, warm, groß und schwellend, doch ohne sich zu bewegen. Lucette stieß währenddessen die leidenschaftlichsten Bezeugungen ihrer Wollust aus. Ihre Küsse vervielfachten sich, ihr Atem begann zu fliegen:

„Hola . . . hola! Schnell, Laurette, schnell! Teure Freundin, noch . . . noch! Ah, es kommt mir . . . ich sterbe!"

Oh, wie schmeichelhaft waren diese kleinen Entzückungsschreie der Wollust für mich! Ich spürte, wie sich ihr kleines Tal vom Tau der Lust befeuchtete. Auch die Finger meines Vaters waren ganz feucht von dieser magischen Flüssigkeit. Ah, teure Eugenie, wie erregt ich war! Ich ergriff Lucettes Hand und führte sie zwischen meine Schenkel, in dem leidenschaftlichen Begehren, sie möge mit mir dasselbe tun, was ich zuvor mit ihr getan hatte. Aber mein Vater, der mit seiner Hand meine kleine Grotte bedeckte, hinderte ihre Bewegungen und durchkreuzte so meine Absicht. So wollüstig er auch war, wollte er meine Vergnügungen doch sparsam dosiert wissen. Er mäßigte sein Verlangen und besänftigte meine Ungeduld. So lagen wir lange Zeit ganz still einer im Arm des andern und gaben uns den Nachwirkungen einer angenehmen Trunkenheit hin.

Ah, niemals habe ich mehr eine Nacht wie diese erlebt!

2. Kapitel

Wir erwachten und begrüßten einander zärtlich. Da wurde die Frau gemeldet, die am Vormittag bei mir auf so seltsame Weise Maß genommen hatte. Sie legte mir zu meinem nicht geringen Erstaunen eine Art von Seidenhose an, die sich nur bis zur Mitte der Schenkel abstreifen ließ. Sie war gut gearbeitet und genierte mich nicht. Nur, der Gürtel, der sie in der Taille zusammenhielt und von dem eine Art Riemenzeug zwischen meinen Schenkeln hindurchführte, war ein wenig knapp. Dieses Riemenzeug hatte vorn und hinten je eine Öffnung, und in dieser befestigte mein Vater zu meinem Unbehagen mittels eines kunstvoll gearbeiteten Kettchens eine samtbezogene Metallplatte, die an zwei Stellen durchbrochen war, um den natürlichen Bedürfnissen Genüge zu tun. Er verschloß das Ganze mittels eines kleinen, sehr kostbar gearbeiteten Schlüssels.

„Meine teure Laura, geliebtes Kind", sagte mein Vater und schloß mich in seine Arme, „glaube nicht, daß andere Regungen als die meiner Liebe zu Dir mich leiten. Der Zufall hat Dich Dinge gelehrt, die Du vor deinem achtzehnten Lebensjahr gar nicht kennen solltest. Ich muß deshalb darüber wachen, daß Dir daraus kein Schaden erwächst. Noch bist Du nicht imstande, die Regungen der Natur richtig einzuschätzen. Ich werde Dich von Zeit zu Zeit mehr darüber lehren, doch wirst Du kein Mittel finden, meine Ansichten zu durchkreuzen."

Ich war recht verärgert und vermochte meine üble Laune nicht zu verbergen. Und ich hatte wirklich allen Grund, unzufrieden zu sein. Meine kleine Grotte war gänzlich eingeschlossen. Zwar hinderte mich dieser unerfreuliche Gegenstand, den mir die Fürsorge meines Vaters aufgezwungen hatte, nicht, die Bedürfnisse der Natur zu verrichten, doch es war ganz und gar unmöglich, einen Finger in die kleine Furche zwischen meinen Schenkeln einzuführen oder sie gar durch Reibung zu erhitzen. Gerade dies hatte mein Vater ja auch zu verhindern beabsichtigt. Du kannst Dir wohl vorstellen, daß mir die so aufgezwungene Entbehrung wenig behagte. Ich habe mir später oft gedacht, es wäre ganz nützlich, auch den jungen Burschen solch ein Geschirr umzuhängen, um sie daran zu hindern, daß sie ihre Kräfte vergeuden, ehe sie das richtige Alter erreicht haben. Auf diese Weise könnte man eine vorzeitige Erschöpfung ihrer Kräfte leicht verhindern. Doch läßt unsere Gesellschaft ihnen alle Freiheiten, während sie unsere nach Kräften unterdrückt.

Während der nächsten fünf Jahre trug ich dieses Geschirr jeden Tag. Mein Vater entfernte es jeden Abend, und Lucette wusch es sorgfältig. Er untersuchte, ob ich mich nicht wundgescheuert hätte, und legte es mir darauf wieder an. So habe ich diesen höchst unerfreulichen Gegenstand bis ich sechzehn Jahre alt war ununterbrochen getragen.

Während dieser Zeit entwickelte sich mein Verstand, und ich lernte alle möglichen nützlichen Dinge. Meine natürliche Neugier ließ mich unaufhörlich nach dem Grund alles dessen forschen, was war. Mein Vater konnte mit mir zufrieden sein. Von Jahr zu Jahr vergrößerte sich mein Wissen, und ich wurde nicht müde zu lernen. Ich gewöhnte mich an das körperliche Gefängnis, in dem ich mich befand, und als man mich schließlich daraus befreite, war ich so weit gekommen, daß ich es für ganz natürlich hielt. Ich war von der Nützlichkeit dieser Einrichtung überzeugt.

Vermutlich hätte ich ohne dieses Instrument meine Kräfte vorzeitig vergeudet, denn das Beispiel, das mein Vater und Lucette mir gaben, hätte mich angespornt. Diese beiden genierten sich nämlich nicht im Geringsten vor mir. Doch je erwachsener ich wurde, desto mehr beschäftigte mich die Frage, warum mein Vater solche Vorsichtsmaßnahmen mir gegenüber gebrauchte. Ich war in meinem sechzehnten Lebensjahr, als er mir die Antwort auf meine immer dringenderen Fragen schließlich gab. Als er mir das quälende Instrument schließlich für immer abnahm, sagte ich zu ihm:

„Nach all diesem, mon cher papa, sagen Sie mir doch, was hat Sie dazu veranlaßt, mich dieses ärgerliche Instrument tragen zu lassen, obwohl Sie mir doch immer beteuert haben, wie zärtlich Sie mich lieben? Meine Gouvernante ist viel besser daran als ich. Bedeutet Ihnen diese etwa mehr als ich? Erklären Sie mir doch heute, was Sie dazu bewogen hat, so zu handeln, wie Sie es taten!"

Mein Vater zog mich in seine Arme.

„Meine Zärtlichkeit und Fürsorge für Dich, mein Kind, erlauben es mir nicht mehr, Dich als ein Kind zu betrachten. Du bist heute in einem Alter, da man Dir so gut wie alles sagen kann, und das will ich nun tun.

Die Natur fördert bis zum fünfzehnten oder sechzehnten Lebensjahr eines Menschen dessen Wachstum. Sie braucht dazu einmal länger, einmal kürzer, je nach den Anlagen des Individuums. Doch im Allgemeinen reicht dieses Alter für Dein Geschlecht aus. Im Alter von siebzehn oder achtzehn Jahren kann man eine Frau als erwachsen ansehen. Bei den Männern braucht die Natur länger, um ihre Vervollkommnung zu erreichen. Wenn man diese Zeit des Reifens mißbraucht und Empfindungen und Handlungen vorwegnimmt, die einer späteren Epoche angemessen sind, kann daraus ein beachtlicher Schaden entstehen.

Die Frauen zum Beispiel, die allzu frühe Erfahrungen gemacht haben, die ihrem Reifegrad nicht entsprechen, sterben früh oder bleiben klein, schwächlich und anfällig, oder sie leiden an einer Schwindsucht, die vor allem ihre Brust befällt und deren Opfer sie in Kürze werden. Manchmal hindert sie auch eine Erkrankung des Blutes, ihre monatliche Regel pünktlich und ausreichend zu bekommen. Daraus resultieren dann Vapeurs, Hysterie und Nervenzufälle sowie die Qualen einer unersättlichen Geschlechtsbegierde. All das beeinträchtigt die Tage eines solchen unglücklichen Geschöpfes. Bei den jungen Männern ist es ganz ähnlich. Sie erleiden die unglücklichsten Tage, wenn sie nicht gar vor der Zeit sterben."

Meine teure Eugenie, Du kannst dir wohl vorstellen, wie mich diese Eröffnung erschreckte. Ich wurde mir in diesem Augenblick seiner Freundschaft und der Sorge, die er um mein Wohlergehen trug, doppelt bewußt. Es war nur seine Güte gewesen, die mir das verwehrt hatte, was ich als ein hervorragendes Vergnügen zu betrachten geneigt war. Das Leben erschien mir wieder recht angenehm, und wenn ich künftig ein Verlangen nach einer gewissen Art von Vergnügen verspürte, würde ich aus Rücksicht auf meine Gesundheit und mein Leben gern darauf verzichten.

„Ich habe diese Neigung in Dir wohl erkannt", fuhr mein Vater fort, „und bei Deiner Jugend hätten dich alle Gründe der Welt nicht davon zurückhalten können. Deshalb habe ich diese Vorsichtsmaßregel getroffen, die Dir so wenig gefallen hat. Doch nun werde ich darauf verzichten. Es wäre gut, wenn man solche Schutzmaßnahmen bei allen jungen Leuten anwenden würde, die durch unvorhergesehene Zufälle oder durch unkluge Personen zu früh über Dinge unterrichtet wurden, die nicht für ihr jugendliches Alter bestimmt sind."

Die Furcht vor einer zerrütteten Gesundheit oder gar vor einem frühen Tod war von nun an zwar in meiner Phantasie sehr lebendig. Doch andererseits hatte ich gesehen, was mein Vater mit Lucette tat, und die Art, wie er mit ihr lebte, hob die Wirkung dieser Furcht wieder auf. Ich konnte mich nicht zurückhalten, ihm eines Tages meine Zweifel zu eröffnen.

„Warum, mein teurer Vater, haben Sie bei Lucette nicht dieselben Vorkehrungen getroffen? ja, noch mehr: Warum tun Sie mit ihr laufend, was Sie mir verweigern?"

„Aber mein liebes Kind, bedenke doch, Lucette ist völlig erwachsen. Sieh nur den Überfluß der Natur in ihrem Körper. Sie ist schon imstande, andere Lebewesen zu ernähren. Dieser Zustand, mein liebes Kind, kündigt sich durch das pünktliche Auftreten, der monatlichen Regel an. Ich kann Dir nicht verschweigen, daß es in ihrem Alter gefährlich wäre, wenn ein gewisser Überfluß von Samen aufgestaut und in ihr zurückgehalten würde und so in ihre Blutbahnen geriete. Dadurch würde in ihr ein gefährliches Feuer, eine Art von sinnlicher Raserei entfacht werden.

Ihre Stimmungen und ihr Temperament würden darunter leiden, ja selbst die Zirkulation der Säfte in ihrem Körper könnte dadurch ernsthaft gestört werden. Das könnte ihre Gesundheit untergraben, Vapeurs und frenetische Anfälle sowie viele andere Übel verursachen. Haben wir nicht genügend Beispiele dafür in den Klöstern, wo die Frömmelei zum Despotismus wird und wo es nichts gibt, was den unglücklichen Eingeschlossenen ihre Lage erleichtern könnte? Man mischt Lotosabsud und Salpeter in ihre Getränke, um die Anlagen eines lebhaften Temperaments zu unterdrücken. Doch nach einiger Zeit bleiben diese Mittel ohne Wirkung oder sie zerstören den Magen, so daß diese Gefangenen des Aberglaubens, die wie weiße Blumen dahinwelken, für den Rest ihres Lebens von Verdauungsstörungen und inneren Schmerzen geplagt sind, ja, an manchen dieser Schreckensorte werden sogar die Pensionärinnen auf diese Weise behandelt, so daß sie schließlich alle möglichen Leiden und Nervenanfälle davontragen, die eine Folge der gewaltsamen Unterdrückung ihrer natürlichen Vitalität sind. Selbst Eltern, die ihre Kinder lieben, beachten diesen Punkt viel zu wenig.

Du mußt wissen, meine liebe Laurette, daß sich das natürliche Temperament in einem gewissen Alter bemerkbar macht. Das geschieht bei den einen früher als bei den andern, und zwar durch die Verschiedenheit der natürlichen Anlagen und der Qualität der Säfte, die in uns sind, aber auch durch eine Veränderung in den Organen. Wenn diese Körpersäfte nicht rechtzeitig zum Fließen kommen, strömen sie in die Blutbahn zurück. Manchmal verursachen sie dann eine vollkommene Unterdrückung der natürlichen Impulse und damit ein geradezu monströses Anschwellen des Leibes. Personen, die keine natürliche Geschlechtsvereinigung kennengelernt haben, werden unter solchen Umständen völlig gleichgültig und sind meist empfängnis- und zeugungsunfähig.

Aber, mein teures Kind, in dem Alter, in dem die Säfte des Lebens zu strömen beginnen, in dem das Feuer des Temperaments sich bemerkbar macht, soll man diesem auch Genüge tun, und zwar sowohl, weil es für die Gesundheit nützlich und notwendig ist, als auch, weil es die Schönheit und Frische eines solchen glücklichen jungen Geschöpfes steigert. Es gibt verschiedene Mittel dazu.

Stell Dir eine Frau in den Armen eines leidenschaftlichen Mannes vor. Wie erregt ist sie allein vom Gegensatz der Geschlechter! Was bedeutet ihr mehr als die Leidenschaft, die er für sie empfindet und die auch sie in sich verspürt? Schon die bloße Gegenwart des Mannes wird für sie erregend. Phantasie und Natur weisen ihr den Weg zu den wollüstigsten Empfindungen. Daraus kannst Du ermessen, warum ich mich gegen Lucette anders verhalte als gegen Dich."

„Ah ja, mon cher papa! Weil ich Sie immer bei diesem Namen genannt habe, werde ich mich auch jetzt Ihrer Erfahrung und Weisheit unterordnen. Aber sagen Sie mir, in welchem Alter werden Sie mit mir tun, was Sie mit Lucette so häufig getan haben? Ach, dieser Augenblick fehlt noch zu meinem Glück, denn ich empfinde es schmerzlich, daß ich nicht all Ihr Verlangen zu stillen imstande bin, daß ich Ihre Wünsche nicht in jeder Hinsicht befriedigen kann."

„Mein reizendes Kind, die Natur selbst spricht zu uns in einer leicht verständlichen Sprache. Noch sind Deine Brüste nicht voll entwickelt, und das Pelzchen, das Deine hübsche kleine Grotte bedeckt, ist noch recht schütter. Kaum, daß Du die ersten Blüten Deiner Reife hervorgebracht hast. Laß uns also noch etwas warten. Dann, geliebte Laurette, Du Kind meines Herzens, werde ich dieses Geschenk von Deiner Zärtlichkeit empfangen. Du wirst mich die Blüte pflücken lassen, die ich so sorgsam gepflegt habe. Doch laß uns diesen glücklichen Augenblick nicht durch unsere Ungeduld zerstören. Glaube nicht, daß ich Dich bis zu diesem Zeitpunkt Dir selbst überlasse. Bei einer robusten Natur ist es nicht notwendig, diesem Augenblick besondere Aufmerksamkeit zu schenken oder mit den Kräften des Körpers besonders haushälterisch umzugehen. Aber bei einem sensiblen Temperament muß man vorsichtig sein und bis zum siebzehnten oder achtzehnten Jahr warten. Das ist der Zeitpunkt, an dem eine Frau völlig erwachsen ist und sich ohne Schaden ihren Begierden überliefern kann."

Alles, was er mir bei dieser Gelegenheit sagte, meine liebe Eugenie, hat sich meinem Gedächtnis unauslöschlich eingeprägt. Du kannst Dir das wohl denken. Seine Gründe erschienen mir sehr vernünftig und einleuchtend, und seine Bereitwilligkeit, auf meine Fragen einzugehen, ermutigte mich, weitere an ihn zu stellen.

Ich erinnerte mich, daß Lucette bei jenem ersten Mal, als ich die beiden entdeckt hatte, in einem tiefen Schlaf zu liegen schien, und das war ein Rätsel, das ich nur zu gern enthüllt gesehen hätte.

„Aber warum, teurer Papa, war Lucette an dem Abend, da ich euch zuerst beobachtet habe, so tief entschlummert, daß sie nichts von dem zu bemerken schien, was Sie mit ihr taten? Schlief sie wirklich oder spielte sie nur die Schlafende?" wollte ich wissen.

„Ganz und gar nicht, meine Liebe", versicherte mein Vater. „Sie hat wirklich geschlafen. Aber das ist mein kleines Geheimnis. Soll ich es Dir sagen? Ja, denn dieses Beispiel kann für dich nützlich sein. Ich muß dir gestehen, daß mich mein Verlangen damals heftig quälte. Ich sah Lucette, sie gefiel mir, und ich versprach mir ein gewisses Vergnügen von ihr. Doch als ich bemerkte, daß sie zögerte, sich meinem Begehren auszuliefern, ergriff ich die Initiative. Ich habe etwas Schlafpulver in ihren Liqueur gemischt. Du hast die Wirkung gesehen. Doch habe ich mich nicht damit begnügt. Denn ich fürchtete, daß sie erwachen und zornig werden könnte, sich von mir in eine derartige Lage gebracht zu sehen. Um das zu verhindern, habe ich ein gutes Mittel gefunden, das die Natur erregt und in einen Zustand versetzt, in dem ihr die Zärtlichkeiten eines Mannes höchst erwünscht erscheinen.

Das ist eine Art Zaubertrank. Nachdem ich sie also auf das Bett gelegt hatte, rieb ich damit ihre Liebesgrotte, ihre Klitoris und ihre Schamlippen ein. Diese Flüssigkeit hat die Eigenschaft, sogar einen impotenten Mann zu leidenschaftlichem Leben zu erwecken, wenn man gewisse Partien seines Körpers damit einreibt. Lucette schlief etwa eine Stunde lang, ehe sie erwachte. Dann aber zeigte sie eine Leidenschaft und ein Feuer, das sich kaum löschen ließ. Sie war ganz und gar nicht erstaunt, sich in meinen Armen zu finden, sondern umschlang mich im Gegenteil zärtlich mit den ihren. Weit davon entfernt, meiner Begierde Widerstand zu leisten, öffnete sie — angespornt von ihrem eigenen Verlangen — ihre Schenkel und bereitete mir so das lebhafteste Vergnügen, an welchem ich sie — ganz und gar nicht egoistisch — teilnehmen ließ. Doch als vorsichtiger Mann dachte ich daran, was geschehen könnte, wenn ich mich meiner Wollust völlig und bedenkenlos hingab. Also zog ich mich in dem Augenblick, in dem ich das Nahen der Lust spürte, ein wenig zurück und ergoß das lebenspendende Naß in die Oberfläche ihrer Grotte und auf ihren Leib. Von diesem Tag an hat Lucette sich immer meinen Wünschen überlassen, und ich habe nur meine Unvorsichtigkeit und Deine Neugier zu beklagen, die Dich ein Geheimnis enthüllen ließ, daß ganz und gar nicht für Dich bestimmt war. Sie weiß übrigens nicht, daß ich Dir alles darüber gesagt habe, und Du mußt Stillschweigen bewahren. Nicht wahr, Du wirst mein Vertrauen nicht enttäuschen?"

„Bestimmt nicht, mein teurer Vater. Aber sagen Sie mir alles darüber. Fürchten Sie nicht, ein Kind zu zeugen, wenn Sie sich einmal nicht früh genug zurückziehen? Ist es möglich, daß Sie sich in diesem Punkt völlig auf Ihre Selbstbeherrschung verlassen, können? Könnte es nicht sein, daß die Macht der Begierde die Furcht, eine Unvorsichtigkeit zu begehen, auslöscht und Sie weitergehen läßt, als Sie dies eigentlich möchten?"

„Ah, meine Kleine, wohin sich Deine neugierige Phantasie versteigt! Ich sehe wohl, ich kann Dir nichts verbergen. Wenn ich Dir nicht die ganze Wahrheit enthülle, werde ich bald die Torheit beklagen müssen, überhaupt etwas gesagt zu haben. Aber ich glaube, damit nichts zu riskieren, denn Deine Vernunft ist Deinem Alter weit voraus.

Wisse also, daß dieser Samen, wenn er nicht in die Matrix gelangt, an und für sich gar nichts ausrichten kann. Auch kann er sich dort nicht festsetzen, wenn man seinen natürlichen Fluß hemmt. Aus diesem Grund versuchen manche Frauen, durch eine innere Bewegung den Samen in dem Moment zurückzustoßen, in dem sie ihren Liebhaber in der Wonne des Genusses glauben.

Doch das bedeutet für sie selbst eine arge Verkürzung des Vergnügens und ist ganz und gar kein sicheres Mittel. Manche Männer haben geglaubt, sie hätten nichts zu fürchten, wenn sie sich nahe an den Eingang zurückziehen. Doch sie täuschen sich darin. Denn die Matrix ist eine recht lebhafte Pumpe und versucht, sich auch des Samens zu bemächtigen, der nicht unmittelbar zu ihrer Öffnung gelangte. Hinzu kommt noch, daß viele Männer sich im Augenblick der Wollust über ihre eigene Selbstbeherrschung täuschen und so den richtigen Moment versäumen. Ungewißheit und Furcht vor den möglichen Folgen behindern also häufig das Vergnügen. Doch das Mittel, das ich bei Lucette anwende, ist ziemlich sicher. Es gibt einem die

Freiheit, sich ohne alle Furcht dem Feuer seiner Leidenschaft überlassen zu können. Ich habe deine hübsche Gouvernante am Tag, nachdem Du uns bemerkt hast, gebeten, sich für unsere Liebesgefechte mit einem Schwamm zu bewaffnen, der in eine bestimmte Flüssigkeit getaucht wurde. Dieser wird unmittelbar vor der Matrix am Muttermund angebracht. Mittels einer dünnen Seidenschnur kann man ihn ohne Schwierigkeiten wieder hervorholen. Selbst wenn die Samenflüssigkeit in diesen Schwamm einzudringen vermag, würde doch die Flüssigkeit, mit der er getränkt ist, seine Zeugungsfähigkeit vernichten. Man weiß ja, daß selbst die Luft genügt, seine Kraft zu vernichten. Also ist es ganz unmöglich, daß Lucette in unserer Verbindung je ein Kind empfangen könnte."

Ich habe nichts von diesen nützlichen Gesprächen je vergessen, meine liebe Eugenie, und ich habe Dich zu deinem Nutzen davon unterrichtet, so daß auch Du Dich ohne Furcht den Umarmungen Deines Liebsten überlassen kannst. Im Übrigen machte meine Bildung gute Fortschritte. Ich bekam alle möglichen Bücher in die Hand. Es gab in dieser Hinsicht nichts, was für mich verboten gewesen wäre. Doch mein Vater lenkte meinen Geschmack besonders auf jene, die der Wissenschaft dienten und somit weit von allem entfernt waren, woran unser Geschlecht im Allgemeinen Gefallen findet. Ich will Dir nur ein kleines Beispiel dafür berichten.

Er fragte mich eines Tages: „Kannst Du, meine geliebte Laura, in der Unendlichkeit des Universums, das unseren Erdball umgibt, einen festen Punkt finden? Zu welch unermeßlichen Dimensionen wird Deine Phantasie dabei gelangen? Die Elemente der Natur und ihre Zahl sind noch immer unbekannt, und es ist unmöglich zu erkennen, ob unsere Vorstellungen von der Welt und vom Universum auch nur im Entferntesten der Wirklichkeit entsprechen. Wir wissen nicht einmal, ob diese Elemente, welche die Bausteine der Welt und des Lebens zu sein scheinen, absolut unveränderlich sind oder ob es möglich ist, ihnen eine andere Form der Existenz zu geben und sie dadurch zu verändern.

Inmitten dieser allgemeinen Unwissenheit erscheint es höchst lächerlich, daß der Mensch es versuchen sollte, die Zahl dieser Elemente festzulegen. Diese Wahrheit verdient es, daß man über sie nachdenkt, um in allem den Willen der ewigen Ordnung zu erkennen. Gleichgültig, ob es sich nun um eines oder um mehrere Elemente handelt, so bildet ihre Gesamtheit die Körper, und sie finden sich im Feuer wie in der Materie vereint, welche die törichten und voreingenommenen Geister unbewegt nennen.

Was hältst Du denn von jenen strahlenden Feuern, die wir Sterne nennen? Weißt Du nicht, mein Kind, daß sie nichts sind als wüste feurige Himmelskörper? Nimm nur die Sonne her, diesen gewaltigen Feuerball, der dazu da zu sein scheint, einer Vielzahl von erdenklichen Himmelskörpern Licht und Wärme und damit das Leben zu geben. Es ist gut möglich, daß viele dieser entfernten Welten so wie unsere eigene bevölkert sind. Früher hat man geglaubt, daß die Sterne nur dazu dienten, uns die Nacht zu erhellen. Die Eigenliebe des Menschen hat ihn glauben lassen, er sei der Mittelpunkt des Universums. Doch wozu sollten uns diese Himmelskörper dienen, wenn Nebel und Wolken sie vor unserem Blick verbergen? Der Mond ist noch am ehesten imstande, die hindernde Wolkendecke mit seinem Strahl zu durchbrechen. Er erhellt uns das Dunkel der Nacht, aber das ist nicht seine einzige Bestimmung. Man kann bis heute nicht feststellen, ob er nicht selbst eine Welt für sich darstellt, eine Welt, deren Bewohner ebenso an unserer Existenz zweifeln wie wir an ihrer, und die im Grunde ebenso töricht sind wie wir zu glauben, daß sie allein alle Herrlichkeit des Himmels bedeuten. Vielleicht sind sie ebenso anmaßend, vielleicht sind sie aber auch erfinderischer als wir und haben ein gesünderes Urteil über die Probleme des Lebens.

Die Planeten sind Welten wie die unsere und ohne Zweifel von Pflanzen und Tieren belebt, die wir nicht kennen. Denn in der Natur scheint alles möglich. Doch welche Rolle spielt, von diesem Gesichtspunkt aus gesehen, in diesem unermeßlichen Universum unsere Welt? Ist sie etwa mehr als ein belebter Punkt unter anderen belebten Punkten? Und wir selbst? Wie wäre es möglich, daß wir angesichts unserer Bedeutungslosigkeit inmitten der Unendlichkeit des Universums uns für Anfang und Ziel der Schöpfung halten könnten?"

Auf diese Weise versuchte mein Vater Tag um Tag, Gedanken der Philosophie in mich hineinzulegen und mich zum Denken anzuregen.

Ich fragte ihn eines Tages: „Was ist das schöpferische Sein, aus dem alles hervorgegangen ist?"

Denn ich dachte bei mir, daß ich allzuwenig über dieses wunderbare, alles belebende Wesen wisse. Mein Vater antwortete mir: „Dieses wunderbare höchste Wesen ist unfaßbar! Man fühlt es, aber man kann es nicht erkennen. Es entzieht sich unseren Spekulationen. Wenn es die verschiedenartigsten Elemente gibt, so ist es seine Hand, aus der sie hervorgegangen sind. Er hat sie durch seinen Willen und seine Kraft geschaffen. Es ist die Seele des Universums, ohne die nichts von all dem bestehen könnte, was ist. Kennen wir etwa die Quelle seiner Macht? Sehen wir nicht tagtäglich, wie sich die Materie unter seinem Einfluß verändert, ohne daß wir die Ursache dieser Veränderungen erkennen könnten? Und kann etwa das, was für eine beschränkte Zeit geschaffen ist, nicht noch viel wunderbarer für die Ewigkeit geschaffen sein? Doch genug für heute, mein Kind. Wenn Du etwas älter geworden bist, werde ich versuchen, soweit ich es kann, dir die ewige Wahrheit zu enthüllen, die sich für uns Menschen immer unter dem Schleier des Geheimnisvollen verbirgt."

Mein Vater gab mir häufig moralische Schriften zu lesen, welche die Dinge nicht unter den gewöhnlichen Gesichtspunkten behandelten, sondern sie vielmehr vom Standpunkt ihrer natürlichen Existenz aus betrachteten. So lernte ich in allem die Gesetze der Natur zu erkennen, die dem menschlichen Herzen unauslöschlich eingeprägt sind. Er lehrte mich in diesen Gesetzen die einzige Norm des menschlichen Handelns zu erkennen. Denn alle anderen Gesetze sind nur Verfremdungen von diesen. Die Regeln, die er mir gab, waren ebenso einfach wie verständlich: „Tu für die anderen das", sagte er, „was Du möchtest, daß sie für Dich tun, und füge ihnen niemals etwas zu, das Dir selbst unerwünscht wäre. Du siehst, meine Teure, daß diese Wissenschaft, von der alle Welt in so hohen Tönen spricht, eigentlich ganz einfach zu beherrschen ist. Und wenn jedermann sich an diese sittlichen Grundsätze hielte, wäre das Glück aller Menschen auf dieser Welt gesichert."

Romane verbannte mein Vater fast gänzlich aus meinem Gesichtskreis. Ich lernte es, dank seiner Bemühungen, in ihnen eine Ansammlung von Gemeinplätzen und menschlicher Dummheit zu sehen. Es gab nur ganz wenige Ausnahmen von dieser Regel. Zumeist erlaubte mir mein Vater jene, die einen moralischen Hintergrund hatten. Nur wenige von ihnen zeichneten die Menschen in ihren natürlichen Farben, mit ihren Fehlern und Vorzügen. Die meisten Romanautoren scheinen pausenlos damit beschäftigt, ihre Helden in den anziehendsten Farben zu malen.

Ach, meine Liebe, wie weit sind sie von der Wirklichkeit entfernt! Betrachtet man die einen und die anderen, wie viel Unwirklichkeit entdeckt man in diesen Darstellungen. Ich finde viel mehr Gefallen an den Büchern der großen Weltreisenden, denn in ihnen lerne ich den Charakter und die Sitten anderer Völker kennen. Ich begriff bald, daß sie im Grund nur ein Spiegel unserer eigenen sind. Ich fing an, die Menschheit in ihrer Gesamtheit zu verstehen, aber auch die Rolle zu begreifen, welche die Gesellschaft bei der Bildung der einzelnen Charaktere spielt. Sodann beschäftigte ich mich auch mit historischen Schriften. Indem diese die Sitten und Gebräuche der Antike wiedergaben, erkannte ich aus ihnen, wie nach und nach ein bestimmtes Weltbild entstanden ist, um nach einer Weile neuen Erkenntnissen zu weichen. Am meisten liebte ich allerdings die Werke unserer Poeten. Diese erschienen mir sehr amüsant, und einige von ihnen sind für ewige Zeiten in meinem Gedächtnis haften geblieben.

Dann eines Tages gab mir mein Vater ein Buch, das seine besondere Aufmerksamkeit erregt zu haben schien. „Lies es, meine liebe Laura", sagte er. „Ein Genie, wie unsere Zeit nur wenige hervorbringt, hat es geschrieben. Es wird leicht in Deinem Gedächtnis haften. Seine Philosophie und elegante Sprache wird Dir gefallen. Der Mann, der es geschrieben hat, ist ein Meister seines Fachs, und die Ideen, die er unter dem Vorwand einer Fabel zu Papier gebracht hat, werden Dich faszinieren."

Zu welchem Irrtum führt uns unsere Eigenliebe und Eitelkeit doch oft! Dies kann nur ein aufmerksamer und gedankenvoller Beobachter erkennen. Dabei ist es doch eine ebenso einfache wie unveränderliche Wahrheit, daß sich alles in diesem Leben zu einer Kette fügt, um einer gewissen Ordnung zu folgen, die sowohl für die Gesamtheit des Seins als auch für den einzelnen gilt. Unvorhergesehene Umstände zwingen die Ideen und Handlungen der Menschen. Entfernte und daher kaum bemerkbare Ursachen führen zu einer Kette von Beziehungen, die fast immer willkürlich erscheinen. Der einzelne meint, daß alles von seiner Entscheidung abhänge, von der Wahl, die er für sich oder andere trifft, doch in Wirklichkeit entwickelt sich alles fast ohne sein Zutun. Natur, Charakter und Temperament sind nur das Material, aus dem der Ewige Beweger die Rollen formt, die er jedem einzelnen von uns zugedacht hat.

Wenn man manche unerfreulichen Ereignisse verhindern kann, so ist das nichts anderes als ein gewisser Weitblick, eine Klugheit, die den Blick für diese Kette von Umständen schärft, die man doch nicht ändern kann und die selbst für jene eine unwiderstehliche Macht ist, die das Übel schaffen. Am weisesten ist jener, der sich dem natürlichen Lauf der Dinge überläßt. Dir, meine liebe Eugenie, läßt Dein Geist alles leicht erscheinen. Deine Sanftheit wird Dich glücklich erhalten, und Du verstehst es, Deine Freiheit zu bewahren, trotz der Fesseln, die man Dir auferlegt. Du genießt die Vergnügungen, die Du Dir erfindest und beklagst Dich nicht über jene, die Dir fehlen. Doch höre meine Geschichte weiter!

Ich wurde älter, und gegen Ende meines sechzehnten Jahres veränderte sich meine Situation. Ich sah damals schon recht erwachsen aus. Meine Formen waren voller geworden, meine Brüste hatten an Umfang zugenommen, und ich bewunderte ihre reizenden Rundungen jeden Tag. Auch Lucette und meinen Vater ließ ich diese wundervolle Entwicklung bestaunen. Sie küßten die knospenden Hügel um die Wette, ich nahm ihre Hände und führte sie an meinen Busen, damit sie sich von der schwellenden Herrlichkeit überzeugen könnten. So gab ich ihnen tausend Zeichen meiner Ungeduld.

Ohne jedes Vorurteil aufgewachsen, hörte ich nichts anderes als die Stimme der Natur. Sie allein lehrte mich. Selbst wenn ich in Lucettes Gegenwart badete, fühlte ich mich erregt. Ich lebte in einer sehr intimen Gemeinschaft mit ihr. Meistens schlief ich mit ihr; immer tat ich dies, wenn mein Vater abwesend war. Dann übernahm ich bei ihr seine Rolle, so gut dies eben möglich war. Ich umarmte sie, saugte an ihrer Zunge und ihren Brustspitzen, ich küßte ihre Lenden und ihren Schoß, ich liebkoste und kraulte ihre Liebesgrotte. Meine Finger nahmen die Stelle jenes wunderbaren Werkzeugs ein, mit dem ich ihr nicht dienen konnte. Dennoch gelang es mir, sie durch diese Bemühungen in jene lange währende wollüstige Agonie zu stürzen, in der sie mir so schön erschien.

Meine Liebenswürdigkeit und die Zärtlichkeiten, die ich ihr erwies, erfüllten sie mit einer lebhaften Zuneigung für mich, die ich nur mit jener vergleichen kann, die Du für mich empfindest. Sie hat mich während dieser Zärtlichkeiten oft auf das leidenschaftlichste erregt gesehen und versicherte mir immer wieder, daß sie brennend gern für mich dasselbe tun würde, wenn es nur möglich wäre, mich ohne Gefahr für mich selbst an diesen Vergnügungen teilnehmen zu lassen. Sie wünschte leidenschaftlich, daß mein Vater sich endlich entschließen würde, mich zu nehmen, und sie malte mir diesen köstlichen Augenblick in den glühendsten Farben aus.

„Oh, meine liebe Laurette", sagte sie, „wenn dieser Augenblick gekommen ist, werden wir ein Fest feiern. Ich erwarte ihn mit Ungeduld, aber ich glaube, es wird nicht mehr lange dauern. Deine Brüste sind schon gerundet, und Deine Kleine ist hübsch behaart und von einem schönen Rot. Ich sehe es an Deinen Augen, die Natur wird bald eine Frau aus Dir machen."

Es dauerte tatsächlich nicht lange, so fühlte ich mich reichlich unbehaglich. Mein Kopf war benommen, meine Augen hatten ihre Lebhaftigkeit verloren, und ich litt an heftigen Krämpfen, die mir etwas völlig Neues waren. Endlich, nach acht oder neun Tagen, war alles vorbei, und ich fühlte mich so heiter wie zuvor und strahlte vor Gesundheit.

Wie freute ich mich über dieses Ereignis. Ich war ganz verrückt und umarmte Lucette.

„Meine Liebe, wie glücklich werde ich sein!" Ich fiel meinem Vater um den Hals und bedeckte ihn mit Küssen:

„Ach, endlich", rief ich, „befinde ich mich in dem Zustand, in dem Du mich so gerne sehen wolltest. Wie glücklich bin ich, daß ich Dein Verlangen endlich befriedigen kann! Mein einziges Glück wird es sein, Dir ganz zu gehören. Deine Liebe und deine Zärtlichkeit werden meine Seligkeit sein."

Er nahm mich in seine Arme und zog mich auf seine Knie, um mir die Zärtlichkeiten, die ich ihm erwies, wiederzugeben. Er preßte meine Brüste und küßte sie. Er sog an meinen blühenden Lippen, seine Zunge vermählte sich mit der meinen. Meine Schenkel, mein Hinterteil, ja selbst meine kleine Spalte, alles war der brennenden Berührung seiner Hände ausgeliefert.

„So ist er endlich gekommen, meine reizende Laura, jener beglückende Augenblick, in dem Deine Zärtlichkeit und die meine sich im Strom der Begierde vereinen werden. Noch heute werde ich Deine Jungfernschaft nehmen und die Blume pflücken, die sich so herrlich entfaltet hat. Ich schulde es Deiner Liebe. Du mußt allerdings wissen, daß die Wonnen, die unserer Umarmung folgen werden, durch einige Augenblicke des Schmerzes erkauft werden müssen. Ich werde Dir wehtun, wenn ich Deine Rose breche, mein reizendes Kind."

„Was macht das schon aus? Laß mich bluten, wenn Du willst, kein Opfer wird mir zu groß sein. Ich begehre nichts so sehr, als Deine Lust und Deine Befriedigung."

Das Feuer der Leidenschaft brannte in seinen Augen wie in den meinen. Die liebenswürdige Lucette, die an dem wunderbaren Opfer mitwirken wollte, zeigte nicht weniger Rührung, als wenn sie das Opfer selbst an mir hätte vollziehen sollen.

Sie führte mich in ein Gemach, das für den erhebenden Anlaß schon vorbereitet worden war. Alles Tageslicht war daraus verbannt. Ein riesiges Himmelbett, das ganz mit blauem Satin bezogen war, prangte inmitten der Spiegel, von denen es umgeben war. In der Mitte des Bettes befand sich auf den blauseidenen Decken ein Kissen, das gewissermaßen den Opferstein darstellte.

Lucette verstand es ausgezeichnet, all die Vorzüge herauszustreichen, welche die Natur mir gegeben hatte. Sie schmückte dieses freiwillige Opfer mit feuerroten Strumpfbändern und einem Gürtel, der wie bei einer zweiten Venus meine schlanke Taille zur Geltung brachte. Meine üppig fließenden braunen Locken wurden gleichfalls durch ein rotes Band zusammengehalten. So blieb ich ganz allein in dem Raum, in dem bald das köstlichste Opfer stattfinden sollte. Ich betrachtete mich mit einer unbeschreiblichen Zufriedenheit in den Spiegeln, die den blauseidenen Bettaltar umgaben. Mein entblößter Körper schimmerte wie mattes Elfenbein. Meine jungen, zarten Brüste erhoben sich wie strahlende Früchte, die von zwei Knospen in der zartesten Rosenfarbe gekrönt wurden. Ein reizender goldfarbener Flaum bedeckte den Ansatz meiner Schenkel und warf einen köstlichen Schatten auf meine Liebesgrotte, die zwischen den beiden rosigen Lippen ein winziges Ende der Klitoris erkennen ließ. Es war, als ob sich eine Zunge begehrlich zwischen den beiden Lippen vorstreckte. Dazu meine schlanke Taille, meine zierlichen Füße, meine schön geschwungenen Beine und wohl gerundeten Schenkel, sowie ein Hinterteil, dessen rosige Rundungen zur Freude wie geschaffen schienen!

Wirklich, selbst Amor hätte sich mit mir nicht messen können, wenn er mein Geschlecht gehabt hätte. Das war in etwa der Tenor der Elogen, mit denen Lucette meinem Vater gegenüber meine Schönheit pries. Ich fühlte mich emporgetragen von einer Woge der Trunkenheit, von einem Liebesrausch ohnegleichen. Wie glücklich war ich, den Mann, der mir so viel bedeutete, mit meinem Überfluß zu beglücken.

Er prüfte und bewunderte all die Schätze, die vor ihm ausgebreitet waren. Seine Hände, seine Lippen brannten auf meinem Körper. In uns beiden flammte die Leidenschaft einer jungen Liebe auf, für die es keine Hindernisse gibt und die endlich den Lohn ihrer Geduld und Sehnsucht zu pflücken hofft. Ich hatte mir diesen Augenblick so lebhaft gewünscht und preßte den Urheber künftiger Freuden mit einer Leidenschaft an mich, als wollte ich ihn nie wieder aus meinen Armen entlassen.

Lucette entkleidete ihn vollständig. Er legte mich auf das Bett, so daß mein Hinterteil auf dem Kissen zu liegen kam. Ich nahm die wundersame Waffe in die Hand, durch die meine Jungfernschaft zerstört werden sollte. Oh, wie liebkoste ich dieses schwellende Schwert, das nun bald gewaltsam meine Rose durchbohren sollte, die mit solcher Sorgfalt viele Jahre hindurch gepflegt worden war. Meine Phantasie brannte vor Verlangen nach diesem bedeutsamen Augenblick. Meine Liebesgrotte verzehrte sich nach dem holden Eindringling, dessen Nähe allein mich mit einem wundervollen Feuer der Begeisterung erfüllte. Wir hielten uns umschlungen und lagen einer auf dem anderen. Unsere Lippen, unsere Zungen vermählten sich. Ich wußte nicht mehr, was ich tat, sondern schlang meine Beine um seine Lenden, und während ich ihm entgegenkam, durchbohrte er mich mit einem einzigen schnellen Stoß. Der heftige Schmerz, den ich in diesem Augenblick empfand, entriß mir einen Schrei, der ihn von seinem Sieg überzeugte.

Lucette, die ihre Hand geschickt zwischen uns schob, begann mich zu liebkosen, während ihre andere Hand meine Lenden streichelte. Der Schmerz mischte sich mit Wollust, so wie sich der holde Tau der Lust mit meinen Blutstropfen mischte. Ich fühlte eine zarte und unaussprechliche Wonne in mir aufsteigen und versank in einen Abgrund der Lust. Kraftlos lag ich in den Armen des Geliebten und fühlte mich sterben, während ich die unaussprechlichsten Wonnen, eine subtile Art von Qual erlitt, die mir heute noch unbeschreiblich erscheint.

Welch wundervoller Zustand! Neue Zärtlichkeiten riefen mich wieder ins Leben zurück. Er küßte mich, seine Hand liebkoste meine Brüste und meine Liebesgrotte, er spreizte meine Beine in die Luft, um sein Werk zu besichtigen. Ich faßte währenddessen nach seinem Instrument, das unter meinen Liebkosungen sofort seine ursprüngliche Festigkeit wieder annahm. Und alsbald ging er wieder an meine Eroberung. Noch war das schmale Pförtchen nicht leicht zu durchbrechen, doch die immer liebenswürdige Lucette besänftigte mich durch ihre Liebkosungen, und ich versank von neuem in jene wollüstige Apathie, die ich eben kennen gelernt hatte.

Der Mann, der mein Vater gewesen und nun mein Liebhaber war, nahm voller Stolz über seine Eroberung und bezaubert von dem Opfer, das ich ihm dargebracht hatte, das Kissen, auf dem dieses Opfer vollzogen worden war — es zeigte die Spuren des vergossenen Blutes und betrachtete diese Trophäe seines Sieges liebevoll.

„Meine Laura, geliebtes und liebenswürdiges Kind", sagte er schließlich, „Lucette hat Deine Lust gesteigert. Erscheint es Dir da nicht gerecht, daß wir sie nun daran teilnehmen lassen?"

Ich umschlang ihren Hals und zog sie auf das Bett. Er nahm sie in die Arme und zog mich an ihre Seite. Ich schürzte ihre Röcke und fand sie darunter ganz feucht. „Ah, wie feucht Du bist, meine Liebe! Ich werde Dein Vergnügen erhöhen, wenn ich es kann." Ich nahm seine Hand und ließ ihn einen Finger in ihre Grotte stecken, wo er Kommen und Gehen spielte, während ich sie kitzelte. Sie zögerte nicht, in dieselbe wollüstige Ekstase zu verfallen, die ich vorhin so glücklich an mir erfahren hatte.

O meine geliebte Eugenie, wie wundervoll war dieser Tag für mich! Ich gestehe Dir, meine teure Freundin, es war der schönste Tag meines Lebens und zugleich der erste, an dem ich die Wonnen der Liebe in ihrem vollen Umfang erfahren habe. Selbst wenn ich heute daran denke, überkommt mich ein wollüstiger Schauer, den ich Dir nicht beschreiben kann.

In dem Raum herrschte eine angenehme Wärme. Ich fühlte mich so, wie ich war, unendlich wohl, und hatte kein Bedürfnis, mich wieder anzuziehen. Ich befand mich in einer Art von süßem Wahnsinn und wollte, nackt wie ich war, mit meinen beiden Lieben soupieren. Die wachsame Lucette hielt die Dienerschaft fern. Sie war liebenswürdig genug, uns ganz allein zu bedienen, nachdem sie die Türen sorgfältig verschlossen hatte. Ich wollte, daß auch sie sich in diesem Zustand sehen ließ, und entkleidete sie eigenhändig. Ah, wie reizend erschien sie mir. Wir setzten uns zu Tisch. Mein Geliebter saß zwischen uns und wurde von uns beiden mit Zärtlichkeiten verwöhnt, die er uns bereitwillig wiedergab.

Bald waren wir aufs Neue entflammt. In einem so erregten Zustand war es nur verständlich, daß sich die geliebte Waffe, der ich mich vorhin so tapfer unterworfen hatte, wieder in ihrer vollen Stärke aufrichtete. Die Tafelfreuden verloren bald alles Interesse für uns, und wir eilten zu unserem geliebten Bett. An diesem Tag, der einzig und allein mir gewidmet war, empfand ich noch einmal die vollen Wonnen der Liebe.

Mein Geliebter legte sich an meine linke Seite, seine Schenkel unter den meinen, die ich geöffnet hielt. Kräftig pochte seine Lanze an meinen Eingang. Lucette nahm meinen Kopf zwischen ihre Knie. Ihre reizende Kleine war direkt vor meinen Augen. Ich streichelte und kitzelte sie und liebkoste ihr Hinterteil, das munter in die Luft ragte. Ihr Leib berührte meine Brüste, ihre Schenkel waren zwischen meinen Armen. Wir glühten alle drei vor Begierde. Sie öffnete meine Schamlippen, die von einem lebhaften Rot waren, und versah mich mit jenem köstlichen Schwamm, der meinen Geliebten in die Lage versetzen sollte, sich ohne alle Scheu in mich zu ergießen. Es schmerzte mich ein wenig, als ihn Lucette mit behutsamen Fingern in mich einführte, ich litt. Doch ertrug ich diesen Schmerz in der Hoffnung auf eine höchst erfreuliche Sensation. Lucette selbst bahnte dem köstlichen Instrument den Weg. Es drang mühelos ein, während sie mich kitzelte. Ich leistete ihr währenddessen einen ähnlichen Dienst, während die Finger meines Geliebten in Lucettes Grotte spielten. Er wiederholte dabei die Bewegungen, die sein Instrument in mir vollführte. Ah — all diese Variationen, diese Stellungen, diese Vielfalt von Sensationen! Wir fühlten, wie die Lust über uns zusammenschlug. Halb ohnmächtig vor Lust verströmten wir uns beinahe gleichzeitig. Danach waren wir wohlig ermattet. Lucette stand auf, um Ordnung zu machen, und als sie damit fertig war, legten wir uns alle in ein Bett und schliefen aneinandergeschmiegt ein. Diese Nacht war in meiner Vorstellung mehr als der festlichste Tag.

Ach, liebe Eugenie, warum übertrifft die Einbildungskraft die Wirklichkeit immer wieder, wo diese allein doch unser Glück ausmachen kann? Ich glaubte natürlich, daß nun alle Tage wie dieser eine sein würden, doch mein väterlicher Geliebter, der weiterhin über meine Gesundheit wachte, machte mir anderntags folgende fatale Eröffnung: „Meine teure Laurette, ich kann Dir nicht verbergen, daß ich etwas tun muß, das uns allen schmerzlich sein, wird. Dein Temperament ist noch nicht gefestigt genug, als daß ich Dich ihm überlassen könnte, und Du bist mir viel zu teuer, als daß ich Dir nicht alle Aufmerksamkeit widmen würde, deren ich fähig bin. Währenddessen wirst Du nur unsere Zärtlichkeiten genießen. Du wirst in gewisser Weise an unseren Vergnügungen teilnehmen, aber nur ab und zu wird Dir eine Nacht wie diese vorbehalten sein; Du wirst sie ebenso angenehm finden wie die heutige und wirst sie natürlich mit Ungeduld erwarten. Wenn Du mir gefallen willst, wirst Du Dich diesen Entschlüssen widerstandslos und mit Freuden fügen.“

Diese Worte waren ein sicheres Mittel, zu erreichen, daß ich mich mit meiner Lage ohne Murren abfand. Glaube nicht, meine Liebe, daß ich dabei Eifersucht empfunden hätte.

3. Kapitel

Ich fügte mich also dem Willen meines väterlichen Geliebten. Ah, teure Eugenie, wie gut habe ich daran getan! Nach der neunzehnten oder zwanzigsten derartigen Soiree verließ uns zu unserem Kummer unsere teure Lucette. Ihr Vater, der in der Provinz weilte, rief sie zu sich. Eine gefährliche Krankheit ließ ihn ihre Rückkehr vor seinem Tod ersehnen. Ihre Abreise verursachte uns einen leidenschaftlichen Schmerz, und unsere Tränen mischten sich mit den ihren. Ich für meinen Teil konnte mein Schluchzen nicht zurückhalten. Nur die Hoffnung, sie bald wieder zu sehen, konnte mich trösten. Aber kurz nach dem Tod ihres Vaters verfiel sie selbst in eine langwierige Krankheit, die ihr viele Schmerzen verursachte. Ihr Vater hatte gewisse Heiratspläne mit ihr gehabt, und auch ihre Verwandtschaft redete ihr zu, doch sie wollte nichts davon hören. Sie schrieb, der Unterschied zwischen meinem Vater und den Männern, die ihr den Hof machten, sei zu groß. Sie wollte nicht in eine Hochzeit willigen und sehnte sich danach, zu uns zurückzukehren. Doch ihre Mutter und ihre Verwandtschaft überredeten sie schließlich, und sie stimmte zu, nachdem sie meinen Vater, dem sie in allen Dingen ihr Vertrauen schenkte, um Rat gefragt hatte. Er riet ihr zu, eine an sich günstige Partie nicht auszuschlagen. Mein Vater fühlte sich immer verpflichtet, den Vorteil derer im Auge zu haben, die ihm vertrauten. Er hätte es ohne Zweifel für ein Zeichen der Schwäche gehalten, wenn er anders gehandelt hätte. Doch diesmal brachte sein Rat Unheil. Lucette starb an den Folgen ihrer ersten Niederkunft.

Indes, ich greife den Ereignissen voraus. Lucettes Abreise hatte mich melancholisch gestimmt, doch tröstete ich mich rasch in den Armen meines väterlichen Geliebten. Die Krankheit, in die Lucette verfiel, brachte ihn dazu, meine Gesundheit mit der größten Aufmerksamkeit zu überwachen. Ich hielt mich in allem an seine Ratschläge, denn ich setzte das allergrößte Vertrauen in ihn. Er entfernte sich kaum je von mir und überwachte mich dauernd, weil er wußte, daß mir mein leidenschaftliches Temperament zu schaffen machte.

Bald nach Lucettes Abreise traf er einige Veränderungen in seinem Appartement. Man konnte nur noch in mein Zimmer gelangen, indem man das seine durchquerte. Er hatte der Dienerschaft ernsthaft eingeprägt, daß sie keinen anderen Eingang benutzen durfte. Unsere Betten standen an derselben Wand, die er durchbrechen und durch eine Art von Paravent hatte ersetzen lassen. Dieser konnte jederzeit entfernt werden, doch das war unser kleines Geheimnis, und nur wir kannten den Trick, der die scheinbare Wand, zurückweichen ließ. Den Schlüssel zu meinem Zimmer hatte eine Frau, die er an Lucettes Stelle aufgenommen hatte, die uns aber in allem nur eine Dienerin war.

Wenn wir sicher sein konnten, nicht mehr gestört zu werden, schob ich die Spanische Wand zurück und eilte in seine Arme. Dann verbrachte ich eine süße und glückliche Nacht mit ihm, die von einem zumeist erfreulichen Tag abgelöst wurde.

Während einer dieser bezaubernden Nächte lehrte er mich eine neue Art des Vergnügens kennen, von der ich bisher keine Ahnung gehabt hatte.

„Meine liebe Laura", sagte er, „Du hast mir Deine Erstlingsblüte geschenkt, aber Du hast noch eine andere Jungfernschaft, und die wirst Du mir nicht verweigern, wenn Du mich noch immer liebst."

„Ah, und wie ich Dich liebe! Was ist es, mon cher? Laß es mich wissen! Wie glücklich bin ich, daß ich Dir noch etwas geben kann!"

„Mein reizendes Kind — wie sehr du mich glücklich machst. Die Natur und die Liebe selbst haben all Deine Grazie geschaffen und Dich mit den wollüstigen Empfindungen erfüllt, die uns beiden so teuer sind. Sie haben Deinem Körper die liebenswürdigsten Reize verliehen und all seine Teile zum Gegenstand unseres Begehrens gemacht. Glaube mir, für einen Mann, der eine schöne Frau anbetet und sich von ihr wieder geliebt weiß, wird ihr Mund, werden ihre Hände, ihre Brüste, ja selbst ihre Achselhöhlen und ihr Hintern genauso wie ihre Vagina zum Sitz der Wollust."

„Ah, ich verstehe. Nun, wohl. Du bist mein Meister, und ich folge in allem deinen Begierden. Wähle also!"

Er ließ mich auf meiner linken Seite liegen, und zwar so, daß ich ihm meine Lenden zuwandte. Dann führte er den Kopf seines erigierten Gliedes vorsichtig an die kleine Öffnung und begann ganz sanft einzudringen. Der Weg war eng, aber die ungewohnte Berührung verursachte mir doch ein Vergnügen besonderer Art.

Ich stützte mein rechtes Bein auf sein Knie, und er kitzelte mich und ließ seinen Finger von Zeit zu Zeit in meiner Liebesgrotte spielen. So empfand ich einen höchst leidenschaftlichen und wirkungsvollen Kitzel. Als er merkte, daß ich mich dem Gipfel der Lust näherte, beschleunigte er seine Anstrengungen, und ich tat desgleichen. Ich fühlte mich tief in meinem Innern von einer heißen Quelle benetzt, und dies verursachte mir eine leidenschaftliche Wollust. Ich empfand ein köstliches und unbeschreibliches Gefühl, das allen empfindsamen Teilen meines Körpers zu entquellen schien. Ah, all diese Wonnen verdankte ich diesem herrlichen, starken und doch vorsichtigen Instrument, das dem Mann gehörte, den ich so leidenschaftlich liebte.

Er teilte meine Wonnen.

„Welch ein wundersames Vergnügen, meine liebste Laurette! Und Du — sag, wie fühlst Du dich? Wenn ich der Leidenschaft glauben darf, die Du mir eben bewiesen hast, hast Du nicht weniger als ich empfunden."

„Gewiß nicht, mon cher. Welch unendliche, unaussprechliche und neue Wonnen habe ich eben kennen gelernt! Nie habe ich geglaubt, daß sich die wollüstigen Empfindungen so vervielfältigen lassen."

„Gut, mein Kind. Beim nächsten Mal werde ich Dir noch mehr Wonnen bereiten und mich gleichzeitig eines Godmiche bedienen."

„Was ist ein Godmiche?" fragte ich neugierig.

„Das wirst Du sehen, mein Kind. Aber wir müssen damit bis zum nächsten Mal warten. Für heute ist es genug."

Am folgenden Tag sprach ich von nichts anderem. Ich wollte diesen rätselhaften Gegenstand gar zu gern sehen. Ich drängte ihn, mir diesen zu zeigen, und schließlich stimmte er zu. Ich war recht verwundert, denn ich hatte gehofft, daß er ihn noch am selben Abend ausprobieren und mir so eine neue Lektion der Lust erteilen würde.

Meine liebe Eugenie, ich werde eines Tages mit dir dasselbe tun, was mein väterlicher Geliebter schließlich mit mir getan hat. Doch ich kann Dir das nicht beschreiben, ohne daß ich wieder eine unserer intimen Szenen vor Deinen Augen ausbreite. Ich bedaure, daß ich dieses prächtige Instrument bisher nicht für unsere Zärtlichkeiten verwendet habe. Ich würde dann mit großem Vergnügen die Rolle eines zärtlichen Liebhabers bei Dir gespielt haben. Aber ich werde nicht vergessen, eines mitzubringen, wenn ich wieder in Deine Arme eilen kann.

Trotz der langen Pausen, die mein Vater zwischen unsere Vergnügungen legte, gab es keine Variation der Wollust, die er mir nicht gezeigt hätte. Er hatte es dabei leicht, denn ich liebte ihn mit aller Leidenschaft, deren ich fähig war, und ich war bereit, auf all seine Wünsche einzugehen. Manchmal legte er sich auf mich, seinen Kopf zwischen meinen Schenkeln und meinen zwischen seinen Knien.

Seine heißen Lippen liebkosten meine Liebesgrotte, sie saugten an meiner Klitoris, und dann ließ er auch seine Zunge auf dem Weg unserer Wollust ein wenig vordringen. Er kitzelte meine Klitoris, bis ich vor Wonne halb bewußtlos war, und führte gleichzeitig seinen Finger oder den bewußten Godmiche in meiner Lustgrotte spazieren, während ich den Kopf seines Gliedes mit Zunge und Lippen liebkoste. Ich umschloß dieses herrliche Instrument mit meinem Mund, ich kitzelte es mit meiner Zungenspitze und nahm es im nächsten Moment so tief in mich auf, als ob ich es verschlingen wollte. Ich kitzelte und preßte seine Hoden, seine Schenkel, sein Hinterteil. Alles das ist höchst beglückend und wollüstig, vorausgesetzt, daß es von einer so zärtlichen Liebe diktiert wird wie von der, die ich für meinen Geliebten empfand.

So war also das Leben, das wir nach Lucettes Abreise zusammen führten. Schon waren acht oder neun Monate seither vergangen. Die Erinnerung und der unglückliche Zustand, in dem sich das liebenswürdige Mädchen befand, war der einzige Schatten, der auf diese glücklichen Tage fiel, die angefüllt, waren mit der Seligkeit einer ersten Liebe. Ich lebte von den kostbaren

Augenblicken, in denen ich in den Armen dieses zärtlichen und liebenswürdigen Mannes lag und ihn unter meinen Küssen und Liebkosungen hinschmelzen fühlte. Er liebte mich unbeschreiblich. Meine Seele war mit der seinen vereint. Es ist mir unmöglich, die vollkommene Harmonie unserer Gefühle auch nur annähernd zu beschreiben.

Aber, meine teure Eugenie, was wirst Du von Deiner Freundin denken, wenn Du ihr folgendes Geständnis hörst? Welch neue Szenen wirst Du zu sehen bekommen? Bis zu welchem Grad von Extravaganz vermag nicht die Phantasie vorzudringen? Was sollte sich ihren Launen und Kaprizen in den Weg stellen?

Wenn das Herz immer dasselbe ist, wenn es von den beständigsten Gefühlen belebt und erfüllt wird, wie ist es dann möglich, daß die leidenschaftlichsten Begierden einem Phantom nachjagen, das wir uns selbst geschaffen haben? Ist es möglich, daß unser Verlangen uns vorwärts treibt, einem unbekannten Ziel entgegen, ohne daß wir uns zurückzuhalten vermöchten? Ich bin ein erstaunliches Beispiel dafür. Soll ich Dir dieses Geständnis überhaupt machen? Ja, ich will es tun, denn es gibt nichts, was ich der Freundin meines Herzens verbergen möchte.

Zwar erröte ich dabei, doch immerhin! Du wirst daraus die tiefe Güte und das lebhafte Verständnis ersehen können, das mein väterlicher Liebster für mich hegte. Die Gerechtigkeit seines Geistes und seine Seelenstärke sind in gleicher Weise bewundernswert. Ich habe erst damals begriffen, wie sehr dieser wundervolle Mann meine Liebe und Zuneigung verdiente. In demselben Haus, in dem wir lebten, vegetierte eine alte, verwitwete Betschwester, die glaubte, sie könne ihre Tage nicht besser verbringen, als wenn sie sämtliche Kirchen im Umkreis besuchte.

Sie hatte drei Kinder, zwei Söhne und eine Tochter. Der älteste war in der schlechten Gesellschaft, in der er zu verkehren pflegte, ganz entartet. Wir kannten ihn kaum vom Sehen. Er spielte mit dem, was er von seinem Vater geerbt hatte, den Verschwender. Sein Bruder, der viel jünger war, hatte sein sechzehntes Lebensjahr gerade vollendet, als er die Schule verließ, um bei seiner Mutter zu leben. Er war ein hübscher Junge, frisch wie Amor persönlich, dazu immer heiter und von einem liebenswürdigen Charakter. Die beiden hatten eine reizende Schwester, die damals etwa fünfzehn Jahre alt war.

Teure Eugenie, stell Dir eine hübsche kleine Brünette vor, von lebhaftem Teint und mit strahlenden Augen. Ein reizendes Näschen, ein lieblicher Mund und eine schlanke Taille vervollständigen ihre Reize. Sie war, wie gesagt, klein von Wuchs, aber von einer überquellenden Lebendigkeit, ein wenig närrisch und unter einer sanften Oberfläche den Leidenschaften der Liebe zugetan. Dazu war sie höchst diskret in allem, was ihr Vergnügen anging.

Sie machte sich jeden Tag über die Belehrungen lustig, die ihre frömmlerische Mutter ihr gab. Ich hatte mich bald nach Lucettes Abreise mit ihr angefreundet und dadurch auch die Bekanntschaft des jüngeren ihrer Brüder gemacht. Die beiden begannen mich ziemlich regelmäßig zu besuchen, und bald verging kein Tag, an dem wir nicht zusammen waren. Ihre Mutter schien darüber recht zufrieden. Ich weiß, daß sie mich — in Verkennung der Tatsachen ihrer Tochter beständig als ein Beispiel hinstellte.

Es stimmt allerdings, daß ich dank der ausgezeichneten Erziehung, die ich genossen hatte, einen recht gesetzten Eindruck machte. Es ist schon sehr merkwürdig, meine teure Eugenie, aber unsere Leidenschaften vermindern unsere Reputation, wenn die Unklugheit sie erraten läßt. Nichts schadet dem guten Ruf einer Frau mehr als ihre Koketterie und Freizügigkeit. Hingegen kann sich eine vorsichtige Frau, die nach außen hin die Fromme und Gesetzte spielt, so gut wie alles erlauben. Sie wird ihren guten Ruf ohne jeden Makel behalten, wenn sie ihre Liebesabenteuer mit dem Schleier des Geheimnisses bedeckt. Noch besser, wenn sie ihrer Zunge einen Zaum anlegt und sich über das Benehmen ihrer Mitschwestern ausschweigt. Kurz und gut, nicht die Taten, sondern die Manieren einer Frau entscheiden darüber, ob sie als ehrbar gilt oder nicht.

Ich bemerkte natürlich, daß mein Vater meine neuen Freunde mit Aufmerksamkeit beobachtete, und zwar sowohl den jungen Vernol als auch dessen Schwester.

Er sagte mir, daß Rose für ihr Alter viel zu wissen scheine. Wenn sie auch unzweifelhaft noch keine Gelegenheit gehabt hatte, die Genüsse voll auszukosten, die ich kennen gelernt hatte, so würde sie doch höchst begierig sein, sie kennen zu lernen. Davon konnte ich mich leicht überzeugen. Wir scherzten von da an häufig zusammen und trieben allerlei Neckereien. Ich kam zu derselben Erkenntnis wie mein Vater, soweit es Rose betraf. Über Vernol sagte er wenig.

Meine Talente hatten sich inzwischen immer mehr vervollkommnet. Ich war musikalisch und verstand ausgezeichnet auf der Harfe zu spielen, ich sang mit Geschmack, deklamierte mit Intelligenz und hatte einen geselligen Kreis um mich, in den ich Rose und Vernol aufnahm. Der Junge fand bezeichnenderweise zahlreiche Gelegenheiten, mir seine Vorliebe für mich zu beweisen. Er suchte mich und folgte mir unablässig. Wir spielten Theater, und er brachte seine Rolle mit Leidenschaft zu Gehör. Ich sprach mit meinem Vater darüber, und ich machte mich ein wenig über ihn lustig, aber in einem Ton und mit einem Lächeln, welches diesem großen Menschenkenner deutlich verraten mußte, daß ich an meinem neuen Verehrer Gefallen fand.

„Das habe ich vom ersten Augenblick an bemerkt", sagte mein Vater, als ich wieder einmal davon sprach. „Seine Augen, seine geröteten Wangen verraten ihn, wenn er in Deiner Nähe ist. Nun, meine Liebe, aber wie steht es mit Dir? Da Du weißt, daß er in Dich verliebt ist, welches Gefühl hegst Du für ihn?"

Ich war mir darüber nicht ganz im Klaren und glaubte, daß ich für Vernol keine anderen Gefühle hegte als jene, die für gewöhnlich mit dem hübschen Namen Freundschaft bezeichnet werden. Doch die Frage meines Vaters machte mich nachdenklich, und ich beobachtete mich schärfer. Bald fand ich heraus, daß Vernols Gegenwart mich erregte und daß ich ihn vermißte, wenn er nicht mit seiner Schwester gekommen war. Ich fragte dann Rose ganz unschuldig, wo ihr Bruder geblieben sei. Ich wunderte mich selbst über diese Vorliebe, die meinem Herzen so gar nicht entsprach.

Allerdings gefiel mir sein Äußeres, und ich muß gestehen, auch seine Sanftheit und die Standhaftigkeit, mit der er mich bewunderte, schmeichelte mir nicht wenig.

Aus der Miene meines Vaters hätte ich leicht bemerken können, daß er etwas in mir entdeckt hatte, daß ich mir selbst nicht einzugestehen wagte. Er sprach nicht darüber, und ich liebte ihn mehr denn je. Meine Leidenschaft und meine Vorliebe für ihn verminderten sich nicht im Geringsten. Von Kindheit an zur Wahrhaftigkeit erzogen, kannte ich nicht die mindeste Verstellung.

Man sagt, daß die Frauen von ihrer Natur her falsch seien. Aber ich glaube, daß diese vermeintliche Falschheit nur eine Folge ihrer Erziehung ist. Zu guter Letzt entschloß ich mich, alles für diesen liebenswürdigen und zärtlichen Freund zu opfern und die Nachstellungen dieses hübschen Jungen in Zukunft zu vermeiden. Ich hatte die Übereinstimmung der Gefühle, die ich für meinen Vater und auch für Vernol hegte, noch nicht begriffen. Doch die zwiespältige Verfassung, in der ich mich befand, verriet mir wohl, daß etwas in mir im Gange war. Du kannst Dir diesen inneren Zwiespalt schwer vorstellen, meine Liebe. Man muß ihn fühlen, um ihn zu kennen. Mein Vater, der meine Verfassung wohl bemerkt hatte und sich darüber Gewißheit verschaffen wollte, stellte mich auf eine Probe, ohne daß ich es bemerkt hätte.

„Laura, einige Deiner Freunde verursachen mir Unbehagen", eröffnete er mir eines Tages. „Ich möchte, daß Du Rose und ihren Bruder nicht wiedersiehst." Ich zögerte keinen Augenblick, sondern warf mich in seine Arme: „Ich stimme dem gerne zu, mein Liebster. Komm, wir wollen dieses Haus aufgeben und auf das Land ziehen, dann werden wir den beiden nicht mehr begegnen. Laß uns morgen schon aufbrechen, Du wirst mich bereit finden!"

Ich beeilte mich tatsächlich, meine Koffer zu packen, und ich blieb damit beschäftigt, bis er mich rief. Er nahm mich auf seinen Schoß und sagte, während er mich umarmt hielt: „Meine liebe Laurette, ich bin von Deiner Zärtlichkeit und Zuneigung sehr angetan. Deine trockenen Augen verraten mir, daß Du sie ohne Schmerzen verlassen wirst. Doch gestehe mir, macht es Dir wirklich nichts aus? Öffne mir Dein Herz, denn ganz bestimmt ist es nicht die Furcht, die Deine Entschlüsse beeinflußt. Du hast keinen Grund, mich zu fürchten."

Immer wahrhaft und ehrlich gegen meinen Vater, verbarg ich auch diesmal nichts vor ihm.

„Nein, ganz bestimmt ist es nicht die Furcht, die mich lenkt. Seit langem schon empfinde ich keine Furcht vor Dir. Nur das Gefühl allein leitet mich. Dieser Vernol hat es verstanden, mir eine gewisse Vorliebe für ihn einzuflößen, deren Ursache ich mir nicht erklären kann. Doch mein Herz, das dir allein gehört, zögert keinen Augenblick, sich zu entscheiden. Ich will ihn nicht wiedersehen!"

„Mein geliebtes Kind, ich kenne die Aufrichtigkeit Deiner Gefühle für mich, und ich bin darüber sehr glücklich. Vernol erweckt in Dir gewisse Vorstellungen, die Deine Phantasie bewegen. Du findest ihn deshalb angenehm. Aber Du kennst meine Zärtlichkeit für Dich und weißt, daß Du nicht aufhören kannst, mich zu lieben. Das ist alles, was ich von dir erhoffe. Geh nur, ich bin nicht eifersüchtig auf dieses Herz, dessen Besitz mir so sicher ist."

Diese Worte beruhigten mich, und ich fühlte mich überströmen vor Zärtlichkeit für diesen wundervollen Mann, der all meine Besorgnisse zu zerstreuen verstand. Ich warf mich vor ihm auf die Knie und küßte seine Hände, die ich mit meinen Tränen benetzte. Mein Schluchzen machte es mir beinahe unmöglich, die rechten Worte zu finden.

„Mein Liebster, ich liebe Dich, ich bete Dich an, nichts und niemanden liebe ich so wie Dich! Meine Seele, mein Herz, alles ist von Dir erfüllt!"

Er war von meinem leidenschaftlichen Ausbruch gerührt, hob mich auf, preßte mich an sein Herz und bedeckte mich mit seinen Küssen.

„Beruhige Dich, mein allerliebstes Kind. Glaubst Du wirklich, daß ich die Natur und ihre unabänderlichen. Gesetze so wenig kenne? O nein, ich bin nicht so ungerecht. Erfahrung und Vergleichsmöglichkeiten haben in mir erst diese zärtliche Zuneigung ermöglicht, die ich für Dich empfinde. Es ist Zeit, daß auch Du es lernst, dir ein Urteil zu bilden. Ich verspreche Dir, Du wirst die Gesellschaft dieses Vernol genießen. In meinen Grundsätzen gefestigt und erfüllt von meinen Ideen, wirst Du auch nach meinen Erkenntnissen handeln. Übrigens ist er hübsch und liebenswürdig, wie ich zugeben muß. Und wenn Du diese gewissen Gefühle nicht für ihn empfändest, nun, so wäre es irgendein anderer. Ich werde mich also dreinfügen."

Doch nach diesem Gespräch war meine Vorliebe für Vernol abgeschwächt. Wenn ich ehrlich sein will und Dir alles sagen soll, so war es mehr die Zustimmung meines Vaters, die Neugier und mein leicht erregbares Temperament, was meine begehrliche Phantasie lebendig hielt.

Diese wurde von meinem Vater übrigens noch begünstigt. Wenige Abende später, als ich in seinen Armen lag, sagte er zu mir: „Liebe Laurette, morgen wirst Du Roses Mutter besuchen und sie bitten, daß sie ihrer Tochter erlaubt, den Tag mit Dir zu verbringen. Sag ihr, sie soll nicht beunruhigt sein, wenn sie des Abends ausbleibt, ihr würdet einen Landausflug machen und erst morgen zurückkehren.

In Wirklichkeit werdet ihr den Tag und den Abend hier verbringen. Du wirst den ganzen Tag mit ihr allein sein und kannst Dir dann leicht ein Urteil über die Ehrlichkeit ihrer Gedanken und über ihren Charakter machen. Sie scheint zu Dir Vertrauen zu haben und Freundschaft für Dich zu empfinden. Du wirst bald mehr darüber wissen und mir alles sagen."

Ich glaubte in diesem Moment, daß er mit diesem Plan einen gewissen Zweck verfolgte, doch ich hatte es gelernt, in allem seinen Ideen zu folgen und mich allem, was er je plante, zu unterwerfen. Ich glaubte, daß Rose ebensoviel wußte wie ich selbst.

Im Übrigen wurde alles so gemacht, wie wir es abgesprochen hatten. Sie kam, und wir schlossen uns ganz und gar von der Welt ab. Wir verbrachten den Tag mit all den reizenden kleinen Torheiten, welche zwei junge Mädchen, deren Herz voll ist von unklaren Gefühlen, sich nur ausdenken können. Ich neckte sie, und sie tat mit mir desgleichen. Ich enthüllte ihren Busen und ließ meinen Vater ihre hübschen Brüste küssen. Ihr niedliches Hinterteil, ja selbst ihre kleine Spalte wurde Gegenstand meiner Neckereien. Wir hielten einander umschlungen. Sie kicherte und lachte, und jedes Mal, wenn ich mir etwas Neues ausdachte, wehrt sie sich zunächst, aber ihre geröteten Wangen und ihre lebhaft funkelnden Augen verrieten, wie erregt sie war.

Wir soupierten, und selbst während des Essens schonte ich sie nicht. Ich schürte das Feuer, das schon in ihr brannte, kräftig. Nachher setzten wir unser Geplänkel fort. Ich bat sie, sich mit dem Gesicht nach unten auf einen Diwan zu legen, und dann schob ich ihre Röcke nach oben. Ihr entblößter Hintern bot uns einen höchst erfreulichen Anblick.

Mein Vater versetzte ihr einige leichte Schläge mit der Hand und ermutigte mich, mich für die Neckereien zu rächen, die sie vorhin mit mir getrieben hatte. Ich wollte mich von der Wirkung unseres Treibens überzeugen und fand sie ganz feucht. Sie mußte ein heftiges Vergnügen empfunden haben. Schließlich gingen wir in mein Zimmer, um uns für die Nacht vorzubereiten.

Kaum erblickte sie mich im Hemd, da zog sie es mir auch schon aus. Ich tat mit ihr desgleichen, und lachend stürzten wir uns ins Bett. Sie küßte mich, faßte nach meinen Brüsten und liebkoste meine Spalte. Ich begann ein höchst reizvolles Fingerspiel, als ich merkte, wie sehr sie sich danach sehnte, und ich täuschte mich nicht. Sie spreizte die Beine, und ihre Bewegungen verrieten mir die Heftigkeit ihrer Empfindungen. Schließlich ließ ich meinen Finger tiefer in sie gleiten, und die Leichtigkeit, mit der dies geschah, überzeugte mich davon, daß sie — in diesem zarten Alter! — keine Jungfrau mehr war.

Ich brannte natürlich vor Begierde zu erfahren, wie sie ihre Jungfernschaft verloren hatte. Ich wollte sie gerade fragen, als mein Vater ins Zimmer kam, um uns zu umarmen, ehe er seinerseits zur Ruhe ging. Rose warf mit einer raschen Bewegung die Decken beiseite, die uns verhüllten. Er hatte offenbar nicht erwartet, uns beide nackt zu sehen. Unsere Hände befanden sich noch immer am Sitz aller Wollust. Sie schlang ihre Arme um seinen Hals, hielt ihn fest und veranlaßte ihn, meinen Busen zu küssen. Ich blieb meinerseits nicht untätig und sorgte dafür, daß er bei ihr dasselbe tat. Ich faßte nach seiner Hand und ließ sie auf ihrem hübschen, entblößten Körper spazieren gehen. Ich hielt diese liebenswürdige Hand in ihrer Grotte fest, er geriet in Erregung, doch dann verließ er uns rasch und wünschte uns viel Vergnügen.

Es ging schon gegen zehn, als er am anderen Morgen in unser Zimmer kam. Er weckte uns mit Küssen und Zärtlichkeiten und fragte uns, ob wir eine angenehme Nacht verbracht hätten. „Wir sind noch lange, nachdem Du uns verlassen hast, wach geblieben. Du hast ja gesehen, in welcher Stimmung wir uns befanden", gab ich zur Antwort.

Rose, deren Wangen noch rosig vom Schlummer waren, errötete und legte mir den Finger auf den Mund. Doch ich wehrte sie ab: „Nein, nein, meine Liebe, Du kannst mich nicht hindern, meinem Vater alles zu erzählen, was wir zusammen getan haben. Denn ich verberge niemals etwas vor ihm. Mein Vertrauen zu ihm ist vollkommen, und das Deine sollte nicht weniger groß sein."

Sie schlang ihre Arme und Beine um mich und ließ mich gewähren.

„Nachdem du uns verlassen hattest", berichtete ich meinem Vater, „fuhr die lebhaft erregte Rose damit fort, meinen Mund zu küssen und an meinen Brüsten zu saugen. Sie zog mich an sich, und unsere Schenkel und selbst unsere intimsten Teile rieben sich gegeneinander. Meine Brüste drückten die ihren, mein Leib lag auf dem ihren. Ihre Zunge liebkoste die meine, eine ihrer Hände streichelte meinen Hintern, die andere kitzelte meine Klitoris, und ich tat mit ihr desgleichen. Wir kosteten die Wonnen dieses Vergnügens in ihrem vollen Ausmaß. Sie duldete es nicht, daß meine Hand sie verließ, ehe sie viermal die unglaublichste Lust empfunden hatte."

Während ich dies erzählte, schob Rose, durch meine Erzählung erhitzt, ihre Hand zwischen meine Schenkel und wiederholte, was ich erzählte. Ich begriff sogleich, was sie ersehnte. Wir waren beide nackt. Ich schob also unsere Decken zurück und nahm die Hand meines Vaters, die sich flugs all ihrer Reize bemächtigte. Er hatte nur seinen Morgenrock an, und dieser verschob sich durch die Bewegung. Ich bemerkte dank meines Instinkts und infolge der Ausbuchtung seines Hemdes, welchen Erfolg diese Liebkosungen bei ihm hatten, und machte Rose darauf aufmerksam.

Ja, ich riet ihr sogar, ihm seinen Morgenrock auszuziehen und ihn dazu zu bringen, daß er sich zu uns lege. Sie sprang sofort auf klammerte sich an seinen Hals und nahm ihm unter vielen Neckereien seinen Morgenmantel weg. Dann zog sie ihn auf das Lager nieder und fiel ihrerseits mit ausgebreiteten Beinen auf ihren Rücken. Ich legte eines ihrer Beine auf seine Schulter, und er tat mit dem anderen desgleichen. In dieser Stellung fand sich sein prächtig schwellendes Instrument naturgemäß genau gegenüber ihrer Grotte. Ich bereitete ihm den Weg, und als er eindrang, kam sie ihm mit einer schnellen Bewegung entgegen. Ich kitzelte sie, und sie gab seine Bewegungen lebhaft zurück. Gleichzeitig liebkoste sie mich, wie ich es mit ihr tat, und seine leidenschaftlichen Anstrengungen, vereint mit den unsrigen, ließen uns schließlich eine heftige Wonne erfahren.

Mein Vater vermochte sich kaum zurückzuhalten. Er beeilte sich, und ich vollendete mit meinen Händen das Trankopfer seiner Lust, das er nicht in sie zu ergießen gewagt hatte. Sie gestand mir später, daß es ihr währenddessen fünfmal gekommen sei. Ihr Leib war besprüht vom Tau der Wollust, mit dem er sie besprengt hatte, und selbst ihre Brüste waren noch feucht davon.

Und doch hatte sie noch nicht genug. Sie beschäftigte sich leidenschaftlich mit meiner Spalte, sie kitzelte und liebkoste mich, und diese reizenden Spielereien setzten mich gleichfalls in eine heftige Begierde. Gar zu gern hätte ich die Flammen, die mich durchzuckten, gelöscht. Sie schien meine Wünsche zu erraten, denn sie ergriff die Hand meines Vaters und ließ seine Finger in mich eindringen. Dann ließ sie mich durch ein ähnliches Spiel, wie ich es mit ihr gespielt hatte, an den süßen Entzückungen teilhaben, die ich ihr bereitet hatte.

Es dauerte eine Weile, bis wir uns beruhigten. Dann sagte ich zu meinem Vater: „Du wirst vielleicht erstaunt sein über Roses Betragen. Ich selbst war nicht weniger verwundert. Ich habe sie gebeten, mir zu erzählen, woher sie ihr Wissen hat, und ich werde Dir alles darüber sagen. Oder nein, noch besser sollst Du es aus ihrem Mund erfahren. Die Vertraulichkeit, die ihr einander erwiesen habt, wird es ihr unmöglich machen, Dir etwas von dem zu verbergen, was sie mir gestanden hat."

Wir beruhigten ihre aufkeimenden Proteste durch Küsse und Liebkosungen.

„Nun gut", sagte sie schließlich, „ich willige ein. Nachdem ich Laurette schon alles gesagt habe, riskiere ich nichts durch meine Offenheit. Schließlich habt ihr ein Recht darauf, alles zu erfahren. Mein Vertrauen ist nicht kleiner als jenes, das ihr mir bewiesen habt. Wirklich, es ist nur angemessen, daß ich euch alles erzähle."

4. Kapitel

Rose begann ihre Geschichte folgendermaßen:

„Ich war etwa zehn Jahre alt, als mich meine Mutter zu ihrer Schwester schickte, die damals in der Provinz lebte. Ich blieb über sechs Monate dort. Meine Tante hatte nur eine einzige Tochter, die etwa sechs Jahre älter als ich selbst war. Bis dahin hatte ich immer bei meiner Mutter gelebt, deren Frömmigkeit es mir nicht erlaubt hatte, mich irgendjemandem anzuschließen. Meine Brüder waren damals auf der Schule, und so war ich immer allein, wenn ich meine Mutter nicht in irgendeine Kirche begleitete. Ich kannte mich selbst nicht mehr und langweilte mich entsetzlich. Die Kirche erschien mir damals noch als das kleinere Übel. Da gab es wenigstens das eine oder andere menschliche Wesen, das ich beobachten konnte.

Es dauerte lange, bis sich meine Mutter entschloß, den Wünschen meiner Tante, die mich gerne bei sich haben wollte, zu entsprechen und mich zu ihr zu schicken. Ich sehnte diese Reise mit einer Ungeduld herbei, die ich meiner Mutter nicht verbergen konnte. Und schließlich kam meine Zeit.

Mein Bruder hatte die Windpocken bekommen, und Mama beeilte sich demzufolge, mich aufs Land zu schicken, damit ich nicht ebenfalls angesteckt würde. Meine Tante und meine Cousine empfingen mich mit tausend Beweisen ihrer Freundschaft. Vom ersten Augenblick an verlangte Isabelle, daß ich bei ihr schlafen sollte.

Am Abend, wenn wir uns zur Ruhe begaben, umarmte sie mich jedes Mal innig, und ich erwiderte ihre Zärtlichkeiten ebenso. Nach vierzehn Tagen waren wir schon so vertraut, daß wir nicht die geringste Scheu mehr voreinander hatten.

Eines Abends verfiel sie auf den tollen Einfall, unsere Hemden zu schürzen, so daß wir vor dem Spiegel unsere Hinterteile vergleichen konnten, die in der Tat recht anmutig gerundet und lieblich anzusehen waren. Sie fiel mir vor lauter Wohlgefallen um den Hals und küßte mich, wie es vier Schwestern gleichzeitig nicht getan haben würden. Ich meinerseits konnte darauf lange nicht einschlafen. Doch da sie mich entschlummert glaubte — ich verhielt mich nämlich ganz ruhig —, bemerkte ich, wie sie ihren rechten Arm ein wenig bewegte. Ihre linke Hand lag auf meinem Schenkel. Ich spürte, wie sie heftig atmete. Sie hob und senkte ihren Hintern ganz sacht. Endlich stieß sie einen leidenschaftlichen Seufzer aus und versank dann in einen tiefen, ruhigen Schlummer.

Ich war erstaunt über etwas, daß ich nicht zu verstehen vermochte, und fürchtete, daß ihr etwas Ungewöhnliches zugestoßen sei. Doch als ich sie am anderen Tag ganz frisch und munter sah, beruhigte ich mich rasch wieder. Meine Neugierde war geweckt, und ich beobachtete sie von nun an jeden Abend, indem ich mich schlafend stellte. Dabei bemerkte ich, daß sie jedes Mal wartete, bis sie glaubte, daß ich eingeschlafen sei. Dann wiederholte sie dieses merkwürdige Ritual, um bald danach selbst einzuschlafen. Ich konnte mich darüber nicht genug wundern und beschloß also, den Dingen auf die Spur zu kommen. Meine Tante hatte eine sehr hübsche Zofe, die etwa zwanzig Jahre alt war. Isabelle verbrachte jeden Tag mehrere Stunden bei ihr, angeblich um Sticken zu lernen. Justine — so hieß das Mädchen — stickte hervorragend, und meine Cousine nahm bei ihr Unterricht. Man wollte nicht, daß ich daran teilnahm. Ich wäre noch zu jung, und meine Neugierde würde ihre Fortschritte gehindert haben. So verbrachte ich täglich etliche Stunden ganz für mich und bewunderte im Übrigen die Fortschritte ihrer geschickten Nadel. Ich fühlte mich ausgeschlossen und ärgerte mich, daß ich an ihrer Gemeinsamkeit nicht teilnehmen durfte. Auch war meine Neugierde lebhaft erwacht. Diese Neugierde eines Mädchens ist ein Dämon, der sein Opfer auf das heftigste quält und sich durch nichts beruhigen läßt.

Eines Tages, als ich allein im Hause weilte — meine Tante war mit Isabelle und Justine ausgegangen —, schlüpfte ich unbemerkt in deren Gemach, um zusehen, ob ich nicht entdecken konnte, was diese beiden den ganzen Nachmittag trieben. Ich entdeckte in dem Alkoven, in dem Justine schlief eine geheime Tür, die sich nur mit Mühe öffnen ließ und die in eine dunkle Kammer führte, die mit alten Möbeln aller Art vollgestopft war. Es führte nur ein schmales

Gäßchen hindurch und zu einer gegenüberliegenden Tür, die sich auf eine schmale Treppe öffnete. Neugierig wie ich war, folgte ich dieser und befand mich alsbald auf einem kleinen Hof, von wo aus man in eine menschenleere Gasse gelangen konnte.

Meine Tante glaubte natürlich, daß ihre Wohnung fest verschlossen sei. Doch während sie die Schlüssel in Händen hatte, war es der klugen Justine gelungen, ein Mittel zu finden, nach Belieben zu kommen und zu gehen. Neugierig wie ich war, benützte ich die Gelegenheit, um eine Lücke in der Wand, eine Ritze oder etwas dergleichen ausfindig zu machen, durch die ich Justines Zimmer und vor allem den Alkoven im Auge behalten konnte. Doch so sehr ich mich anstrengte, ich fand keine geeignete Öffnung. Da holte ich ein kleines Messer und bohrte ein Loch in die Tür, das groß genug war, meine Neugierde zu befriedigen. Ich war mit meiner Tat sehr zufrieden und zog mich in mein Zimmer zurück. Ich hatte wohl bemerkt, daß Isabelle zumeist nach dem Essen in Justines Zimmer verschwand.

An einem der nächsten Tage, als meine Tante den Nachmittag bei einer Freundin verbrachte, wo sie sich in irgendeiner Angelegenheit länger aufhalten wollte, sagte mir Isabelle, daß sie etliche neue Stiche lernen wolle. Ich könne mich in der Zwischenzeit mit den Nachbarkindern unterhalten oder mich sonst nach meinem Gutdünken beschäftigen. Ich benützte die Gelegenheit und tat so, als wollte ich wirklich in der Nachbarschaft einen Besuch machen. Doch ich schlich mich leise in Justines Zimmer, als diese meiner Tante bei der Toilette half, und verbarg mich in der dunklen Möbelkammer. Meine Augen hielt ich auf die Öffnung gerichtet, die ich mit so viel Sorgfalt vorbereitet hatte. Es dauerte nicht lange, so kam meine Cousine herein und nahm eine Stickerei zur Hand. Ich dachte schon, daß ich einen höchst langweiligen Nachmittag verbringen würde, und bereute meine Neugierde, die mich in diese unerfreuliche Situation gebracht hatte. Nach einiger Zeit kam Justine, und ich hörte meine Tante noch fragen, wo ich wäre. Ich spürte mein Herz bis zum Hals klopfen, doch Isabelle antwortete ganz ruhig, daß ich hinuntergegangen sei, um mich mit den Nachbarkindern zu vergnügen. Die Tante fragte nicht weiter, und da sie ihre Tochter so nützlich beschäftigt sah, verließ sie beruhigt das Haus.

Ich beobachtete durch meine Öffnung, wie die beiden sich vom Fenster aus überzeugten, daß meine Tante wirklich fort ging. Darauf schob Justine den Riegel vor, öffnete die Tür zu meiner Kammer, und während ich mich zitternd vor einer möglichen Entdeckung tiefer zwischen die Möbelstücke verkroch, vergewisserte sie sich, daß diese Kammer leer war. Sie öffnete noch den Riegel an der gegenüberliegenden Tür und kehrte dann beruhigt in ihr Zimmer zurück. Isabelle legte ihr Meisterwerk zur Seite und beschäftigte sich ausführlich mit ihrem Spiegelbild. Sie ordnete ihre Frisur und ließ sich von Justine ein Schönheitspflästerchen anlegen. Dann öffnete sie ihr Mieder, und Justine nahm ihre Brüste in die Hand und bewunderte deren Festigkeit und pralle Rundungen. Nach einer Weile tat Isabelle dasselbe mit Justine. Während sie noch mitten in diesen Vergnügungen waren, hörte ich Schritte auf der Treppe. Irgendjemand öffnete das kleine Pförtchen und betrat die dunkle Kammer. Wieder überkam mich die Angst vor einer Entdeckung, doch dieser Jemand durchquerte den Raum ganz ruhig und öffnete die Tür zu Justines Zimmer. Justine ließ ihn ein und schloß die Tür hinter ihm sorgfältig.

Im hellen Tageslicht konnte ich ihn erkennen. Es war ein hübscher junger Mann aus der Nachbarschaft. Er hatte meiner Tante etliche Male seine Aufwartung gemacht. Isabelles Brüste waren noch entblößt. Courbelan — so hieß der junge Mann drückte ohne viele Umstände einen Kuß darauf und umfaßte eine ihrer Brüste mit der rechten Hand, während die andere unter ihren Unterröcken verschwand. Auch Justine wurde nach einer gewissen Zeit auf dieselbe Weise behandelt. Das war recht vielversprechend. Wirklich, die Zeit würde mir in meinem Versteck nicht lang werden. Courbelan nahm schließlich Isabelle in die Arme und legte sie auf das Bett, wo er sie völlig entblößte. Ich sah ihren Leib, ihre Schenkel und sogar ihre kleine Spalte. Sie war noch kaum behaart, doch war der wenige Haarflaum, den sie dort hatte, ganz schwarz. Courbelan küßte sie und ließ einen Finger seiner rechten Hand in dieser hübschen rosigen Spalte verschwinden. Justine zog ihm die Hosen aus und enthüllte so ein langes und mächtiges Instrument, dessen Anblick mich erschauern ließ. Er wollte dieses prächtige Stück an Stelle seines Fingers verwenden, doch da hörte ich Justine sagen: „Nein, Courbelan, das erlaube ich

Dir nicht. Wenn ich schwanger würde, verstünde ich mich aus der Affäre zu ziehen. Aber was, wenn mit Isabelle etwas dergleichen geschähe? Wie könntest Du Dir da wohl helfen? Aber Du kannst sie immerhin liebkosen und ihr Vergnügen bereiten. Doch ich erlaube Dir nicht, sie zu besitzen."

Ich verstand zum Glück jedes Wort, das gesprochen wurde. Courbelan gehorchte der umsichtigen Zofe widerwillig und setzte seine Fingerspiele fort. Er kitzelte Isabelle heftig, während sie mit ihrer bloßen Hand sein riesiges Instrument umfaßte, das Justine in Freiheit gesetzt hatte. Wenige Minuten später sah ich, wie Isabelle dieselben Bewegungen machte, die ich des Nachts schon an ihr beobachtet hatte, und auch ihre Seufzer klangen ganz ähnlich. Folgerichtig schloß ich daraus, daß sie in ihrem Bett wiederholte, was Courbelan mit ihr tat.

Sie erhob sich bald darauf und überließ Justine ihren Platz. Diese hatte schon darauf gelauert wie ein Hund auf den Knochen. Sie warf sich auf das Bett, umfaßte die Lenden des Mannes und packte mit der einen Hand sein Instrument, das nichts von seiner Größe und Festigkeit verloren hatte. Es schien, als ob ihr Schoß es zur Gänze verschlingen wollte, so heftig kam sie ihm entgegen, als er schließlich in sie eindrang. Er stürzte sich über ihren Leib, seine Hände hielten ihre Brüste umfaßt, die er mit Leidenschaft küßte, und die Bewegungen seines Hinterteils ließen mich die Heftigkeit seiner Empfindungen ahnen. Meine Cousine schob ihre Hand von hinten zwischen die Schenkel von Courbelan, um ihn zu liebkosen und festzustellen, wie tief sein Instrument eingedrungen, war. Ich sah, wie sie sich alle erhitzten, bis sich Courbelan, von seinen Anstrengungen überwältigt, schließlich gehen ließ. Nach einem heftigen Schauer, der seinen ganzen Körper erschütterte, kam statt eines langen und kraftstrotzenden Instruments ein demütiges und kleingewordenes wieder zum Vorschein. Für etliche Momente blieb er erschöpft auf dem Bett ruhen. Doch der Küsse und Zärtlichkeiten war noch kein Ende. Diese erste Szene wurde bald von einer weiteren abgelöst, die mich nicht weniger erstaunte.

Courbelan fühlte sich durch die Kleider, die sie immer noch anhatten, gehindert, und brachte sie dazu, sich auszuziehen. Es dauerte nicht lange, so waren alle ganz nackt, Justine war allerdings nicht ganz so hübsch wie Isabelle. Doch sie gewann in dieser Situation. Ihr Körper war weiß, ziemlich rund und drall. Der doppelte Liebhaber gab der einen wie der anderen seiner Liebsten unzählige Küsse. Er liebkoste ihre Hinterteile, ihre Brüste und auch ihre intimsten Stellen. Alles war für ihn bereit. Das, was ich während der nächsten halben Stunde sah, entfachte in mir ein leidenschaftliches Feuer. Ihre Zärtlichkeiten begannen aufs Neue und wurden noch heftiger. Er ließ sie sich beide auf den Bauch legen und bat sie, ihre Schenkel geöffnet zu halten. Ich konnte alles sehen, was Courbelan tat. Er bewunderte sie, küßte ihren Hintern und steckte einen Finger jeder Hand zwischen ihre Schenkel. Sein Instrument befand sich wieder in jenem schwellenden Zustand, in dem ich es zuerst gesehen hatte. Und weil Justine, die das Gesicht in den Kissen verborgen hielt, es nicht bemerken konnte, begann er vorsichtig Isabelle damit zu behandeln, bis plötzlich Justine wütend aufsprang, ihn an den Beinen packte und von seinem hübschen Opfer fortzog. Ich ärgerte mich über diesen Zwischenfall, denn ich hätte gern gesehen, was weiter passierte. „Nein", rief sie, „ich sage Dir, das wird nicht geschehen! Ich habe Dir ein dutzend Mal meine Gründe dafür auseinandergesetzt. Es ist einfach notwendig, daß Du Dich daran hältst."

Ich sagte schon, daß ich durch mein mit soviel Geschick angebrachtes Loch alles hören und sehen konnte, was sich in dem Nachbarzimmer tat.

„Komm nur, mein Lieber", sagte Justine und faßte von neuem nach seinem Instrument. „Gib ihn mir. Ich kenne mich aus, und Du riskierst nicht das Geringste dabei."

Doch sie hatte die Rechnung ohne ihn gemacht. Sie hielt ihn immer noch gefaßt und versetzte ihm etliche Püffe. Da beugte er sich über sie, und während er die eine ihrer Brüste festhielt und sie küßte, verströmte er unter heftigen Zuckungen, die mir die Stärke seiner Lust verrieten, eine weiße Flüssigkeit, die ich noch nie zuvor gesehen hatte.

Ich selbst befand mich in einem unbeschreiblichen Zustand. Überwältigt von Begierden, die ich bisher nicht einmal geahnt hatte, begann ich meine Kleine zu reiben, so wie Courbelan es bei Isabelle und Justine getan hatte. Diese angenehme Beschäftigung verursachte mir ein süßes

Vergnügen, während ich mit Eifer beobachtete, was im Nachbarzimmer vorging. Die beiden Mädchen bewunderten einander in dem Zustand, in den Courbelan sie versetzt hatte. Sie hatten von Kopf bis zu den Knien nicht das geringste Stückchen Stoff am Leibe. Dieser Anblick versetzte auch mich in einen leidenschaftlichen Zustand der Begierde. Es schien, als ob ihre Lust mit meinen geheimsten Wünschen zusammenflösse. Alle beide küßten und liebkosten ihn, nahmen sein Glied in die Hand, kitzelten seine Hoden und streichelten seine Lenden. Und er vergalt ihnen diese Aufmerksamkeiten seinerseits durch seine Küsse und die Liebkosungen, die er ihren Brüsten zuteil werden ließ. Er faßte sie an ihren Brüsten, er saugte daran und bewunderte sie. Schließlich begann er ihre geheimsten Stellen zu kitzeln, und ich sah seine Finger dort Kommen und Gehen spielen. Sein Instrument erstand aufs Neue zu stattlicher Größe, und die beiden Mädchen liebkosten es um die Wette. Es erinnerte an einen Speer, den man einer schönen Bestie in den Leib gepflanzt hat. Ich bemerkte deutlich, daß Courbelan meine Cousine haben wollte, aber Justine wußte dies auch. Schließlich, weil er jene nicht haben konnte, warf er sich auf Justine, und ich glaubte, daß er sie bis zu ihren Eingeweiden durchbohrte. Nichts konnte ihn zurückhalten.

„Laß uns unser Vergnügen vermehren, indem wir zusammen genießen", rief er schließlich. Er bat Isabelle, sich mit gespreizten Schenkeln auf das Bett zu legen, während Justine ihre Beine dazwischen schob. Weil nichts meinen Blick hindern konnte, bemerkte ich genau, wie Courbelans Instrument in Justines Spalte verschwand. Es schien mir unbegreiflich, wie dies möglich war. Ich fragte mich ernsthaft, wie eine so mächtige Waffe wohl in mich eindringen könnte, wo ich doch nicht einmal meinen Finger dort eindringen zu lassen wagte, weil mir diese Versuche einen heftigen Schmerz verursachten.

Aber das Beispiel, das ich vor Augen hatte, entfachte meinen Mut, und ich versuchte meinerseits mit aller Kraft, meinen Finger vordringen zu lassen. Ich verstand mich um so leichter dazu, als ich sah, daß Courbelans Finger Isabelle auf eine ähnliche Art behandelte, während sein Instrument mit Justine beschäftigt war. Er sagte ihr, sie habe die hübscheste kleine Spalte der Welt, und riet ihr, gleichzeitig ihre Klitoris zu kitzeln. Sie befolgte diesen Rat, während sein Finger in ihrem Örtchen Kommen und Gehen spielte, ganz so wie sein Glied es in Justines Grotte tat. Ich versuchte dieses höchst eindrucksvolle Beispiel nachzuahmen, indem ich den Zeigefinger meiner linken Hand mit aller Kraft vordringen ließ, während meine rechte mich kitzelte, so wie ich es Isabelle tun sah. Sofort spürte ich eine heftige Wollust. Ich wunderte mich nicht, daß Isabelle diese Empfindung bei ihren abendlichen Spielen zu wiederholen suchte. Es dauerte auch nicht lange, so befanden alle drei sich in einer leidenschaftlichen Aufregung. Isabelle ließ sich auf den Rücken fallen und vollführte von Zeit zu Zeit etliche Stöße mit ihrem Hinterteil. Courbelan, der mit Entzücken Zeuge ihrer Lust war, rief: „Ah, meine Liebe, es kommt Dir!"

Er hatte Mühe, diese Worte hervorzubringen, denn just in diesem Moment fiel er selbst nahezu regungslos auf Justine. Ich hörte ihn etliche Seufzer ausstoßen, welche die Lebhaftigkeit seiner Empfindungen bewiesen, Justine selbst blieb nach etlichen heftigen Zuckungen wie ohnmächtig und aller Kräfte beraubt liegen, und ihre Seufzer mischten sich mit denen Courbelans.

Diese Beweise einer so heftigen Lust steigerten auch meine Empfindungen zu einem Grad, daß ich mich erschöpft auf ein beliebiges Möbelstück sinken ließ, um diese Wonnen bis zur Neige zu genießen. Ah, welch ein Übermaß der Empfindung diese erste wollüstige Erfahrung in einem Herzen hervorzurufen vermag! Man ist nicht mehr, was man ist, man existiert nur noch in diesem Gefühl, man denkt und empfindet nichts mehr als dieses. Die Zeit, die ich brauchte, um mich davon zu erholen, benützten die anderen dazu, sich wieder anzuziehen. Danach verabschiedete sich Courbelan, indem er beide umarmte, dann zog er sich auf demselben Weg zurück, auf dem er gekommen war. Isabelle und Justine verließen das Zimmer. Ich wartete noch eine Weile, dann nahm ich denselben Weg, den Courbelan genommen hatte, und kehrte nach einer kleinen Weile so unbefangen in die Wohnung meiner Tante zurück, als wäre nicht das Geringste geschehen.

Von diesem Augenblick an dachte und träumte ich von nichts anderem als von dem, was ich gesehen hatte. All ihre Worte hallten in meinen Ohren wider, jede ihrer Handlungen war mir unvergeßlich. Ich rief sie mir immer wieder in Erinnerung. Als ich mich am nächsten Abend neben Isabelle zur Ruhe begeben hatte, stellte ich mich, als sei ich in einen tiefen Schlaf gefallen. Es dauerte nicht lange, so begann sie zu seufzen. Am Abend darauf wiederholte sich dasselbe Spiel. Kaum glaubte meine Cousine, daß ich eingeschlafen sei, begann sie ihre kleinen Manipulationen. Ich war auf der Hut, und indem ich meinen rechten Schenkel zwischen ihre beiden schob, legte ich meine Hand an die Stelle, wo sich ihr Finger bewegte. Ich glitt darunter und fühlte alsbald ihre ganze Spalte unter meiner Hand. Ich umarmte sie, küßte ihre Brüste und führte meinen Finger vorwitzig in ihre Grotte. Dann begann ich sie zu kitzeln, wie ich es an jenem denkwürdigen Nachmittag gesehen hatte. Sie breitete ihre Schenkel aus und ließ mich machen. Es dauerte nicht lange, so hörte ich sie jene wollüstigen Seufzer ausstoßen. Ich bemerkte, daß sie dort unten ganz feucht geworden war. Mich quälte dasselbe Verlangen, das sie offensichtlich erhitzt hatte, und ich ergriff ihre Hand, damit auch sie in meiner Grotte zu Werke gehe.

Sie zögerte, doch dann versah sie ihr Amt so gut, daß sich nach wenigen Augenblicken meine Seufzer mit den ihren mischten.

Isabelle war nicht wenig überrascht von allem, was ich getan hatte. Schließlich hatte sie mich immer für ein unwissendes Kind gehalten. Sie hatte nicht gewagt, mir etwas von ihrem Geheimnis zu sagen, weil sie fürchtete, daß ich kindisch genug sein würde, meiner Mutter oder meiner Tante etwas davon zu sagen. „Aber Rose", fragte sie mich immer wieder, „woher weißt Du bloß dies alles? In Deinem Alter habe ich nicht halb so viel gewußt."

„Das glaube ich Dir, meine Liebe. Ich werde es Dir verraten, wenn Du mir versprichst, daß Du mir nicht böse sein, sondern mich immer lieben wirst."

Ich hielt einen Augenblick inne, und Isabelle beteuerte mir unter tausend Zärtlichkeiten, daß sie kein Wort verraten würde, wenn ich ihr nur alles sagte. „Du traust mir nicht, mein Engel? Wirklich, ich verspreche Dir ewiges Stillschweigen. Niemals wird ein Wort von dem, was Du mir sagst, über meine Lippen kommen. Laß uns daher Vertrauen gegen Vertrauen setzen."

Also gestand ich ihr, wie ich sie belauscht hatte. Sie erschrak nicht wenig. „Ah, meine liebe Freundin, ich beschwöre Dich, bewahre dieses Geheimnis! Verrate mich nicht, ich wäre sonst verloren!"

Ich schwor ihr bei allem, was mir heilig war, ewiges Stillschweigen, und wir kamen darin überein, nicht einmal Justine einzuweihen. Isabelle gab mir unzählige Küsse und fragte mich immer wieder, welche Wirkung das, was ich gesehen hatte, auf mich gehabt habe? Ich erzählte ihr bereitwillig alles. „Aber sag mir doch, Isabelle", bat ich sie schließlich, „durch welchen Zufall hast Du denn diese Geschichte zwischen Courbelan und Justine entdeckt?"

„Das will ich Dir sagen", versprach sie eifrig. „Glaube mir, es gibt nichts, was ich Dir verbergen möchte, so sehr baue ich auf Dein Versprechen. Also höre zu! Ungefähr fünf Wochen vor Deiner Ankunft war ich mit meiner Mutter ausgegangen. Doch waren wir noch nicht weit vom Haus entfernt, da entdeckte sie, daß sie etwas vergessen hatte, und sie bat mich, es zu holen. Ich kehrte also ins Haus zurück. Nachdem ich gefunden hatte, was ich suchte, ging ich aus irgendeinem Grund in Justines Zimmer. Die Tür war unverschlossen, vermutlich hatte sie an keine Störung gedacht. Ich öffnete sie, und Du kannst mir glauben, nie zuvor in meinem Leben bin ich so überrascht gewesen. Ich blieb wie angewurzelt stehen und konnte es gar nicht fassen, Courbelan auf ihr zu finden. Er erschrak mindestens ebenso und verließ sie sogleich, während er sich beeilte, sein Werkzeug vor mir zu verstecken und ihre Unterröcke in Ordnung zu bringen. Sie hatte Glück gehabt, daß nicht meine Mutter an meiner Stelle war. Ich wollte mich augenblicklich zurückziehen, doch Justine hielt mich fest. Sie fürchtete wohl, daß ich meiner Mutter etwas von dem sagen würde, was ich gesehen hatte. Sie zog mich auf ihren Schoß und beschwor mich, nichts zu sagen. Ich versprach ihr alles, was sie nur wollte, während sie mich an sich drückte und meine Hände küßte. Ich muß Dir gestehen, liebste Rose, daß mir dieses Abenteuer einigen Stoff zum Nachdenken gab. Einige Tage darauf nahm mich Justine in ihre Kammer mit unter dem Vorwand, daß sie mir einige neue Stickstiche beibringen würde. Doch sie unterrichtete mich über ungleich amüsantere Dinge und brachte mir Sachen bei, die mir ganz neu waren. Sie entblößte meinen Busen und nahm meine Brüste in ihre Hände. So malte sie mir die Vergnügungen der Wollust in den lebhaftesten Farben aus. Meine Aufmerksamkeit war gefesselt. Schließlich, nachdem sie mich durch ihre Gespräche heftig erregt hatte und meine Neugierde genügend entflammt war, fühlte ich ein heftiges Feuer in meinen Adern brennen. Die Fragen, die ich stellte, verrieten Justine, daß der Augenblick günstig war. Sie nahm mich in die Arme, hob mich auf und legte mich auf ihr Bett. Dort entblößte sie mich, und ich verteidigte mich nur schwach. Sie liebkoste mich und versicherte mir, wie glücklich ein junger und liebenswürdiger Kavalier sein würde, an ihrer Stelle diese lieblichen Reize zu sehen und zu berühren, die ich mein eigen nenne. Wie seine Maschine anschwellen und er vor Lust ersterben würde! Ihre Schmeicheleien und die lebhaften Farben, in denen sie diese Bilder vor mir ausbreitete, brachten mich dahin, sie alles tun zu lassen, was sie wollte. Sie legte ihre Fingerspitzen zwischen meine Schamlippen und kitzelte und liebkoste mich aus Leibeskräften. Es dauerte nicht lange, und ich empfand das Vergnügen, das sie mir so lebhaft ausgemalt hatte. Doch sie versicherte mir unentwegt, daß ich mit einem hübschen jungen Mann noch viel mehr Wollust haben würde. Von da an wiederholte sie dieses Spiel des öfteren, und eines Tages führte sie ihren Finger sogar in meine Spalte ein. Ich empfand einen gewissen Schmerz dabei, aber das war nicht weiter schlimm. Ich bemühte mich nach Kräften, ihr das Vergnügen, das sie mir bereitete, zurückzugeben. Acht oder zehn Tage vor Deiner Ankunft geschah dann etwas Besonderes. Meine Mutter war allein ausgegangen und hatte uns, ohne es zu wissen, unseren Spielen überlassen. Justine erfand irgendeinen Vorwand, und bald waren wir beide splitternackt. Courbelan, der sich hinter einem Vorhang versteckt hielt, wurde so zum Zeugen all unserer Torheiten. Das war zwischen den beiden abgesprochen worden, ohne daß ich etwas davon wußte. Sie lachte herzlich über diese List. Ich wunderte mich über ihr Gelächter und wollte den Grund wissen. Schließlich gestand sie mir, daß uns Courbelan die ganze Zeit beobachtete. Er kam nackt wie wir selbst hinter einem Vorhang hervor, mit einem ragenden Speer bewaffnet, dessen Länge und Umfang mich nicht wenig erschreckte. Ich zitterte vor Scham und Furcht und wollte mich selbst verstecken. Doch die beiden hielten mich zurück, und Courbelan nahm mich in seine Arme und liebkoste mich mit seinen Händen und Lippen überall, wo er mich nur erreichen konnte. Er nahm sich alle Freiheiten, und Justine half ihm noch dabei. Schließlich wich meine Scheu dem Verlangen. Er drückte mir seine Rute in die Hand, und ich zögerte nicht, sie zu packen. Das Feuer seiner Küsse und seiner Berührungen, sowie das Beispiel Justines, die ihn ohne alle Bedenken liebkoste, ließ all meine Glieder vor Vergnügen zittern. Ich befand mich in einer Situation, in der ich nichts verweigern konnte. Die Empfindungen, die er mir verursachte, waren viel stärker als jene, die Justine mir bereitet hatte. Ich wünschte brennend, daß er mit ihr dasselbe täte. Doch er ging viel weiter, indem er sie auf das Bett legte. Während er mich mit einer Hand festhielt, gab er mir Gelegenheit zu sehen, wie er in ihr verschwand.

Die Heftigkeit ihrer Bewegungen ließ mich die Intensität ihrer Gefühle ahnen. Heute war es das sechste Mal, daß ich mit den beiden auf diese Weise zusammen war. Ich habe mich sehr auf Deine Ankunft gefreut, meine Liebe, weil ich gehofft habe, dadurch mehr Freiheiten zu, bekommen. Denn ich habe ein unaussprechliches Verlangen danach, daß Courbelan mit mir dasselbe mache wie mit Justine. Ich habe natürlich Angst, daß ich dadurch ein Kind bekommen könnte, und auch seine Größe macht mir Bedenken. Aber nachdem sie ihn mit so großer Begeisterung aufnimmt, kann ich mir vorstellen, daß diese Furcht unsinnig ist und der Schmerz, den man dabei empfindet, bei weitem durch die Lust aufgewogen wird, von der Courbelan mir erzählt hat. Justine widersetzt sich meinem Verlangen immer, doch ihre verschiedenen Gründe scheinen mir recht fadenscheinig.

Ich habe sie bedrängt, mir diesen meinen Herzenswunsch zu erfüllen. Ich habe ihre Gründe mit all den Einfällen bekämpft, die mir gerade in den Kopf kamen, und sie hat mir schließlich versprochen, daß sie meinen Wünschen folgen würde. Aber bis heute hat sie ihr Wort nicht gehalten."

Wenige Tage danach wurden wir von Justines Verwandten zu einer Hochzeit eingeladen. Diese Einladungen sind in kleinen Provinzstädten üblich. Isabelle meinte lachend, das sei endlich eine günstige Gelegenheit, sie zu täuschen. Ich wußte natürlich, was ihre Phantasie so lebhaft beschäftigte, und ich beschloß, ihr zu helfen. Ohne Zweifel würde Courbelan zum Tanz kommen, denn das taten die jungen Leute bei solchen Anlässen immer, auch wenn sie nicht eingeladen waren. Die Hoffnung, Justine und Isabelle zu treffen, würde ihn sicher dorthin führen. Ich würde zunächst allein erscheinen und sagen, daß Isabelle mit ihrer Mutter unterwegs sei und später nachkommen würde. Ohne Zweifel würde ich ihn sehen und Gelegenheit haben ihm zu sagen, daß Isabelle ihn zu sprechen wünsche und in Justines Zimmer warte. „Nein, nein, das ist unmöglich", sagte sie errötend. Aber ich drängte sie und erstickte ihren Widerspruch in meinen Zärtlichkeiten.

Es war ganz leicht, ihr Verlangen zu wecken, und schließlich stimmte sie dem zu, was ich ihr vorgeschlagen hatte. Ich hatte mich noch nicht völlig angezogen, als meine Tante das Haus verließ. Kaum war ich bei Justines Verwandten angekommen, traf ich auch schon Courbelan. Ich zog ihn beiseite und sagte ihm ganz ruhig, was ich mir vorgenommen hatte. Er verschwand augenblicklich. Ich bedauerte nur, nicht auf meinem Wachposten zu sein. Doch ohne Zweifel würde Isabelle mir nachher alles sagen. Also nahm ich ohne Bedenken an dem festlichen Treiben teil, nachdem ich bei dem Fest meiner lieben Cousine schon nicht anwesend sein konnte.

Justine fragte mich, kaum daß ich den festlich geschmückten Raum betreten hatte, warum Isabelle nicht mit mir gekommen sei. Ich sagte vereinbarungsgemäß, daß sie mit ihrer Tante gegangen sei, doch daß wir uns hier verabredet hätten. Sie nahm meine Ausrede als die natürlichste Sache der Welt. Doch als sie sah, daß auch Courbelan nach kurzer Zeit verschwand und meine Cousine immer noch nicht kam, schöpfte sie Verdacht. Ohne sich mir näher zu erklären, konnte sie sich nicht enthalten, zu bemerken, daß das Verschwinden des einen und das Ausbleiben der andern doch recht eigenartig sei. Ihre Unruhe nahm zu, doch nicht lange danach tauchte Courbelan wieder auf und bald darauf auch meine Cousine. Justine verschwand an ihrer Stelle, und ich erzählte Isabelle von dem Verdacht, den ihre Gouvernante geschöpft hatte. Sie vermutete gleich, daß jene in die Wohnung zurückgekehrt sei, und das beunruhigte sie nicht wenig. Doch Justine kam wieder, und diesmal blieb sie. Doch hatte sie gewisse Nachforschungen angestellt und erfahren, was sie wissen wollte. Kaum waren wir wieder zu Hause, zogen Isabelle und ich uns in unser Zimmer zurück, indem wir Müdigkeit vorschützten. In Wirklichkeit wollte ich die erstbeste Gelegenheit benützen, um mit ihr allein zu sein und alles zu erfahren, was ich wissen wollte. Ich sagte, daß ich vom Tanz erschöpft sei, und Isabelle sagte dasselbe, obwohl sie gar nicht getanzt hatte. Sie hatte immer einen Vorwand gefunden, um die Aufforderungen, die an sie ergingen, auszuschlagen. Wir legten uns also zu Bett. Ich schloß sie in meine Arme, und ich wollte meine Hand dorthin legen, wo sie unzweifelhaft jenes riesige Instrument empfangen hatte. Aber sie stieß meine Hand zurück und sagte, sie habe heftige Schmerzen.

„Ah", seufzte sie, „meine geliebte Rose, wie wenig hat meine Neugierde mich zufrieden gestellt. Courbelan kam, wie er dies immer zu tun pflegte. Ich öffnete ihm. Er flog in meine Arme und trug mich auf das Bett. Seine Hände liebkosten mich, wie sie es schon oft getan hatten. Ich leistete ihm keinen Widerstand, doch dann hat er mich mit seinem riesigen Instrument durchbohrt, wie ich es erwartet habe. Aber welchen Schmerz hat mir dies verursacht! Ach, dieses riesige Werkzeug hat mich förmlich zerrissen. Ich wagte nicht zu schreien und brach in Tränen aus. Er versuchte mich zu trösten, indem er mich umarmte und mir versicherte, daß ich Sekunden später nur noch Lust empfinden würde. Er täuschte mich. Als er es wieder versuchte, war mein Schmerz genau so heftig. Er tat es ein drittes Mal, und ich sträubte mich dagegen. Aber er erstickte meinen Widerstand. Auch tat er es diesmal mit sehr viel Vorsicht und Zartheit, daß ich glaubte, diesmal keinen so heftigen Schmerz zu empfinden. Doch es war beinahe dasselbe wie zuvor. Diese furchtbaren Schmerzen mischten sich mit meiner Angst, ein Kind zu bekommen. Du weißt ja, wie Justine mir diesen Gedanken eingeimpft hat. Courbelan hat ein so heftiges

Brennen an jenem gewissen Örtchen verursacht, daß ich es nicht einmal zu berühren wagte. Ich habe deshalb auch nicht tanzen können."

Es fiel mir nicht schwer, Isabelles Mißgeschick zu erklären. „Ohne Zweifel bist Du enger gebaut als Justine, die etliche Jahre älter ist", warf ich ein.

„Das sagte Courbelan auch. Er meinte, mit der Zeit und durch eine gewisse Übung würde ich schon weiter werden. Aber in der Zwischenzeit werde ich es nicht mehr dulden."

Es blieb uns also nichts anderes übrig, als uns für den Rest des Abends ruhig zu verhalten, und so schliefen wir schließlich ein.

Am nächsten Tag rief Justine Isabelle in ihr Zimmer und eröffnete ihr, daß sie Courbelans unerwünschten Besuch bemerkt habe. Er habe vergessen, die Pforte ordnungsgemäß zu schließen, auch habe sie bemerkt, daß ihr Bett in Unordnung geraten sei. Sie sagte Isabelle auf den Kopf zu, daß sie, anstatt mit ihrer Mutter fortzugehen, im Haus geblieben sei und die Wohnung erst zwei Stunden später verlassen habe. Sie verlangte von ihr ein offenes Geständnis und versicherte ihr, daß sie sich auch ohne dieses jederzeit davon überzeugen könne, was in der fraglichen Zeit geschehen sei.

Isabelle versuchte sich zu verteidigen, doch die Spuren dessen, was geschehen war, waren so offensichtlich, daß sie schließlich die halbe Wahrheit gestand, ja, Courbelan sei gekommen, und er habe ihr dieselben Aufmerksamkeiten wie früher erwiesen, Justine versicherte ihr, daß sie dies nicht glaube. Sie sei überzeugt, daß Courbelan sie genommen habe, umso mehr, als alle Anzeichen dafür sprächen. Meine Cousine leugnete, aber dieses Mädchen gab sich damit nicht zufrieden. Sie war viel stärker als Isabelle. Ohne weiteres hob sie sie in ihren Armen auf und legte sie auf das Bett. Isabelle vermochte keinen Widerstand zu leisten, und weil sie fürchtete, daß ihr neue Schmerzen bevorstünden, gestand sie schließlich alles, was ihre Gouvernante wissen wollte. Justine, die die Folgen dieses Abenteuers fürchtete, war wütend auf Courbelan, und sie brachte es fertig, seinen künftigen Besuchen so viele Hindernisse in den Weg zu legen, daß es meiner Cousine beinahe unmöglich wurde, ihn zu sehen.

Justine benutzte künftig alle Möglichkeiten, die ihr zu Gebote standen, um eine weitere Verbindung zwischen Courbelan und Isabelle zu verhindern. Courbelan zerstritt sich deshalb mit ihr und zog wenig später in eine andere Stadt. Wahrscheinlich hat er inzwischen sowohl Isabelle als auch Justine vergessen. Diese verließ übrigens meine Tante bald danach. Möglicherweise ist sie ihm nachgereist, um ihn wieder für sich zu gewinnen.

Während der ersten Zeit vermochte Isabelle ihren Ärger darüber, daß sie ihn nicht sehen konnte, nicht zu verbergen. Ich litt unter ihren Launen, aber ich verstand und tröstete sie, so gut mir das möglich war. Schließlich gelang es mir, die Erinnerung an diesen liebenswürdigen jungen Mann in ihr verblassen zu lassen. Ich liebte meine Cousine herzlich, umso mehr, als auch sie eine leidenschaftliche Zuneigung für mich hegte und diese nicht wenig dazu beitrug, daß sie ihren Kummer schließlich vergaß.

Wir blieben noch vier Monate zusammen, und während dieser Zeit lehrte sie mich alles, was sie von Courbelan und Justine erfahren hatte.

Ich entnahm daraus unschwer, daß Courbelan vom ersten Augenblick an seine Augen auf Isabelle geworfen hatte. Unter dem Vorwand, daß Isabelle ein Geheimnis, an dem sie beteiligt war, am besten bewahren würde, hatte er Justine überredet, sie an ihren Spielen teilnehmen zu lassen. Wäre Justines Eifersucht nicht ein so ernsthaftes Hindernis gewesen, er hätte von Isabelle ohne Zweifel früher Besitz ergriffen.

Die Zeit, die ich bei meiner Tante verbrachte, ging zu Ende. Meine Mutter rief mich zu sich zurück. Wir mußten uns trennen und taten es nicht ohne Bedauern. Meine Tante war ganz gerührt über meine Tränen und versprach mir, daß sie alles tun würde, um mich bald wieder bei sich zu haben.

Auch ich bedauerte meine Abreise sehr. Ach, nach all der Freizügigkeit, die ich im Hause meiner Tante genossen hatte, bedrückte mich die Langeweile bei meiner frömmlerischen Mutter, die keinen Menschen bei sich sehen wollte, umso mehr.

Doch es wurde nicht ganz so schlimm, wie erwartet. Denn ich vermochte im Haus meiner Mutter Nutzen aus allem zu ziehen, was mich der Zufall und Isabelle gelehrt hatten. Ich bereitete mir tagtäglich die wollüstigsten Sensationen, so wie Isabelle dies getan hatte, ja, ich verdoppelte meine Lust noch durch die reizvollen Bilder meiner Einbildungskraft. Ich dachte nur an Männer. Meine Gedanken und Begierden waren nur mit ihnen beschäftigt. Wenn ich sie sah, heftete ich meine Augen auf jene Gegend, wo ich das Idol ruhen wußte, das meine Phantasie so sehr entflammte. Ah, welches Feuer verbreitete sich in meinem Körper, wenn ich nur daran dachte!

Und just, als ich mich in dieser Verfassung befand, kehrte Vernol von seiner Schule zurück. Wie schön erschien er mir! Ich war fasziniert von ihm. Bis dahin war mir sein Charme entgangen. Zwar hatten wir von unserer frühesten Kindheit an eine lebhafte Freundschaft füreinander empfunden. Doch nun änderte sich unsere Situation. Er schien alle meine Begierden auf sich zu ziehen. Ein leidenschaftliches Feuer belebte meine Sinne, wenn ich ihn nur ansah. All meine Gedanken kreisten um ihn. Ich wünschte mir leidenschaftlich, an ihm jene Region aus der Nähe besichtigen zu dürfen, die zu sehen mir bei Courbelan vergönnt gewesen war. Ich wußte natürlich, daß ich zu jung war, die Begierden eines Mannes zu erwecken. Die Leiden, die Isabelle ertragen hatte, erschreckten mich. Und im Übrigen kannte ich niemanden, der seine Augen auf mich geworfen hätte. So ist es kein Wunder, daß Vernol, mit dem mich eine innige Freundschaft verband, schließlich das Ziel all meiner Wünsche wurde. Sein Zimmer war neben dem meiner Mutter, wo ich schlief. Wenn diese fromme Seele zur Kirche gegangen war, wo sie jeden Morgen zwei oder drei Stunden verbrachte, schloß ich die Tür hinter ihr ab.

Sie glaubte, wir schliefen, und ließ uns in Frieden. Doch angestachelt von meinen Begierden, eilte ich im Nachthemd, so wie ich war, in das Zimmer meines Bruders und trieb mit ihm tausend Mutwilligkeiten, während er im Bett lag. Ich neckte ihn, ich umarmte und küßte ihn und versetzte ihm leichte Schläge auf seinen festen Hintern. Er hielt wacker mit, zog mich auf sein Bett, küßte mich und bearbeitete mein Hinterteil mit der Hand, indem er mir die Schläge heimzahlte, die er von mir bekommen hatte. Dieses Spiel wiederholten wir jeden Morgen. Als er mich wieder einmal auf sein Bett warf, verschob sich mein Hemd, und ich strampelte mit meinen Beinen in der Luft. Er konnte geradewegs in meine kleine Grotte sehen. Da spreizte er meine Schenkel und legte seine Hand dazwischen. Er konnte gar nicht genug bekommen, mich zu betrachten und zu berühren. Ich ließ es ihn tun. „Ah, Rose“, sagte er, „wie verschieden wir beide doch sind“.

„Wie das?“ fragte ich scheinheilig. „Was meinst Du damit, daß wir verschieden sind?“ Ich machte meine unschuldigste Miene, während ich ihn dies fragte.

„Nun, sieh selbst“, sagte er ganz unbefangen und hob sein Hemd, so daß ich sein kleines Werkzeug sehen konnte, das augenblicklich groß und stark wurde. Ich hatte es niemals zuvor gesehen.

Scheinbar ganz harmlos, nahm ich die kleine Lanze in die Hände und betrachtete sie von allen Seiten. Ich liebkoste sie, zog ihre Spitze ein wenig aus ihrer Umgebung hervor und hatte schließlich die Genugtuung, ihn in eine heftige Erregung geraten zu sehen.

Schließlich wurde er ungeduldig, mit mir dergleichen zu tun, und bat mich: „Rose, laß mich Dich noch einmal anschauen.“

Ich tat ihm den Gefallen und legte mich wieder hin. Er zog meine Beine in die Höhe und spreizte sie. Mit großer Aufmerksamkeit betrachtete und berührte er alle Teile meiner Liebesgrotte. Aber er wußte nicht, wie er sie behandeln sollte. Er kniete über mich gebeugt auf dem Bett. Ich schob meine Hand zwischen seinen Schenkeln hindurch, um sein hübsches Kleinod aufs Neue zu liebkosen. Es belustigte mich, den roten Kopf desselben auftauchen und wieder verschwinden, zu sehen. Das Vergnügen, das ich ihm bereitete, verdoppelte das meine. Ich ruhte nicht eher, als bis ich mich seiner ganz bemächtigt hatte. Ich küßte ihn, ich verschlang ihn beinahe, ich liebkoste seinen ganzen Körper. Das Auf und Ab, das meine Hände an seinem reizvollen Spielzeug vollführten, zeitigte schließlich den gewünschten Erfolg. Es versprühte dieselbe weiß schäumende Flüssigkeit, die Courbelan in Justines Hände versprüht hatte.

Diese Situation, die für ihn ganz neu war, sein Erstaunen und seine unzweifelhafte Lust waren für mich ein köstliches Schauspiel. Seine Hand glitt zwischen meine Schenkel und ruhte dort ohne alle Bewegung. Ich legte mich wieder auf das Bett und erteilte ihm eine Lektion, die ihm völlig neu war. Alles erschien ihm außergewöhnlich und wundervoll. Ich führte ihn von einem Erstaunen zum nächsten. Ich nahm sein Instrument, ich küßte es, ich saugte daran und ließ es zur Gänze in meinem Mund verschwinden. Augenblicklich kam es wieder in jenen liebenswürdigen Zustand, in dem es zuvor gewesen war.

Bis jetzt hatte ich nicht gewagt ihm zu zeigen, was ich wirklich wünschte. Aber schließlich beraubte ich ihn im Übermaß der Erregung seines Hemdes und entledigte mich auch des meinen. Nichts verbarg mir die Reize, die die Natur ihm verliehen hatte, ich liebkoste sie alle, und er vergalt mir meine Zärtlichkeiten auf dieselbe Weise. Sein reizendes kleines Werkzeug war wieder ganz steif. Schließlich warf ich mich, von Begierde überwältigt, auf ihn und drängte es selbst in meinen Leib. Ah, wie gut mir das tat! Ich war natürlich noch eng, aber er war nicht groß. Wir stießen einander aus Leibeskräften. Schließlich ließ ich mich völlig auf ihn sinken und spürte, wie er ganz in mich eindrang. Augenblicklich erfüllte mich eine leidenschaftliche Befriedigung. Auf diese Weise verloren wir beide zugleich unsere Jungfernschaft. Ah, welche Wollust erfüllte uns dabei! Vernol wußte nicht, wie ihm geschah. Wir genossen diese reine Seligkeit bis zum Exzeß.

Die Ekstase überkam ihn. Seine Arme, die mich umklammert hielten, sanken herab. Ich verhielt meine Bewegungen und ließ mich auf ihn sinken. Ach, er ahnte wohl, daß ich in diesem Augenblick dasselbe wie er empfand.

Eng umschlungen versanken wir in jene wohltätige Ermattung, die fast so wollüstig wie die Wollust selbst ist. Doch da ich viel früher zu mir selbst zurückfand als er, sah ich mich gezwungen, ihn dazu zu bringen, daß seine Hand sich noch einmal auf eine höchst erfreuliche Weise mit mir beschäftigte.

Wir unterzogen uns in der Folge jeden Tag diesen angenehmen Übungen. Entweder kam ich in sein Bett oder er in meines. Wenn wir es ohne Gefahr der Entdeckung tun konnten, vereinten wir uns sogar im Laufe des Tages. Während der Nacht konnten wir nicht zusammenkommen, aber meine Träume waren ganz und gar von wollüstigen Bildern erfüllt, und ich opferte die Vergnügungen, die ich mir verschaffte, seinem Gedenken. Er tat in seinem Zimmer desgleichen, und am Morgen fanden wir uns zusammen, um unsere nächtlichen Phantasien Wirklichkeit werden zu lassen. Natürlich wollte er wissen, aus welchen Quellen mein Wissen stammte. Doch ich wagte ihm dies nicht einzugestehen, und so verloren sich meine intimen Geständnisse in Allgemeinheiten. Erst als ich seiner Diskretion völlig sicher sein konnte, erzählte ich ihm alles. Doch ach, inmitten unserer Vergnügungen mußten wir uns trennen. Es galt Abschied zu nehmen, weil Vernol an seine Schule zurückkehren mußte. Mein Schmerz war unendlich, ich kann ihn auch nicht beschreiben. Ach, wie lang ist mir die Zeit ohne ihn geworden!

Doch nun ist er endlich zurückgekehrt.“

5. Kapitel

Nachdem Rose ihre Geschichte, die mich, soweit sie Vernol betraf sehr berührte, beendet hatte, ergriff ich das Wort.

„Du weißt nicht, mein teurer Vater", sagte ich, „was Rose mir noch erzählt hat. Sie hat nicht gewagt, Dir dies zu eröffnen. „Liebste Laura", sagte sie mir, „ich weiß, daß Vernol eine heftige Leidenschaft für Dich ergriffen hat. Er selbst hat es mir gestanden. Trotzdem bin ich nicht im Geringsten eifersüchtig, denn ich liebe Dich aufrichtig. Du bist schön, er ist liebenswürdig, ich werde mich freuen, Dich in seinen Armen zu sehen, ja, meine Liebe, ich werde euch selbst zusammenführen, und mein Glück wird seine Seligkeit sein!" Ist sie nicht närrisch, die gute Rose?

Natürlich stellten wir mit Leichtigkeit fest, daß Rose das Vergnügen leidenschaftlich liebte. Wir sagten ihr das, und sie gab es zu. Die wollüstigen Bilder, die sie vor unseren Augen hatte erstehen lassen, hatten ihr Temperament enthüllt. Sie hatten aber auch ihre Wirkung auf uns nicht verfehlt. Mein Vater gab einen überzeugenden Beweis davon. Sie bemächtigte sich seiner Lanze, und um uns die Macht der Verführung ganz zu beweisen, wies sie diesem liebenswürdigen Objekt selbst den Weg. Sie ruhte nicht eher, als bis sich die Seufzer unserer Lust vermischten. Sie erreichte dieses reizvolle Ziel als erste, und während sie meinen Vater festhielt, rief sie: „Bezeuge mir dasselbe Vertrauen, das ich euch entgegenbrachte. Was wir drei hier getan haben, hat mir die Augen geöffnet und mir die Freiheit gegeben, euch alles zu schildern, was ich mit Vernol getan habe."

Mein Vater stimmte zu.

„Schön, meine Liebe. Rose, Du wirst eine neue Rolle spielen, damit ich Dich prüfen kann", sagte er und stand auf, um den Godmiche zu holen. Er befestigte ihn an Roses Gürtel, und sie war von diesem nützlichen Instrument, das sie noch nicht kannte, begeistert. Er ließ mich auf ihr liegen und führte das Instrument in mein Inneres. Dann befahl er ihr, mich wie einen Mann zu behandeln, mich aber gleichzeitig zu kitzeln. Als ich meinen Gipfelpunkt nahen fühlte, riet er ihr, kräftiger zu stoßen. Währenddessen beugte er sich über mich und stieß seinerseits seine Rute in meinen Hintern. Rose hielt sich vortrefflich. Ich hielt ihre Brüste umklammert, sie liebkoste die meinen, unsere Zungen vermählten sich, ich fühlte mich sterben. In dem Augenblick, in dem ich nahe daran war, mein Bewußtsein zu verlieren, entlud sie den Godmiche. Meine Grotte war im Nu überflutet, und zur gleichen Zeit fühlte ich, wie mein Geliebter sich tief in meinem Innern verströmte. Seine Zuckungen mischten sich mit meiner Wollust, an der Rose durch die Reibung des Godmiche an ihrer Klitoris ihrerseits teilnahm. Schließlich sank ich, in Wonne ersterbend, auf sie. Mein Vater erhob sich, und schließlich, als es schon gegen Mittag ging und wir uns etwas erholt hatten, standen wir auf.

Bis jetzt habe ich Dir noch nicht erklärt, was ein Godmiche ist. Höre also! Es handelt sich um eine Nachbildung des männlichen Gliedes. Der einzige Unterschied besteht in den Einkerbungen an seiner Spitze, die dazu dienen, die Empfindungen lebhafter werden zu lassen. Es ist aus Silber, doch mit einer Art Lack in den natürlichen Farben überzogen und blank poliert, dazu fest und leicht. In der Mitte hat es einen Hohlraum, in den man eine Flüssigkeit einfüllen kann. Diese wird durch eine Art von Düse ausgespritzt, um die Aktion des natürlichen Gliedes zu imitieren. Man kann dieses famose Instrument am Gürtel befestigen, und dann ist es selbst einer Frau möglich, als Mann zu agieren.

Rose war begeistert von diesem Instrument. Ich füllte es vor ihren Augen mit lauwarmer Milch und zeigte ihr dann, wie man es zum Spritzen bringen konnte. Im Übrigen verwendet man häufig auch lauwarmes Wasser, das mit Fischleim vermischt wird. Diese Mischung ist nämlich dem männlichen Samen am ähnlichsten.

Als ich Rose alles gezeigt hatte, streifte sie augenblicklich ihr Hemd zurück und bestand darauf, sich dieses reizvollen Instruments zu bedienen. Ich begann herzlich zu lachen, als ich sie in dieser Situation sah. Mein Vater, der inzwischen hinausgegangen war, kam wieder und wollte sehen, was es gäbe. Auch er begann zu lachen und sagte zu Rose: „Laß es für jetzt damit genug sein, meine Liebe. Wir haben für den Augenblick etwas Besseres vor!"

Doch sie fuhr fort mit ihrem närrischen Betragen, und so führte er mich schließlich aus dem Zimmer. „Meine liebe Laura", sagte er zu mir, „Rose wird ohne Zweifel eines Tages das Opfer ihrer Begierden und ihres Temperaments werden. Nichts kann sie zurückhalten. Sie überläßt sich ihrem Verlangen mit einer Glut, die kein Maß kennt. Sei versichert, sie wird für Ihre Unklugheit bitter bezahlen, und vielleicht auch der arme Vernol, der durch sie solchen übertriebenen Exzessen unterworfen wird. Doch ich werde sie für meine Zwecke benützen."

Er kehrte zu Rose zurück, und ich hörte ihn sagen:

„Meine Liebe, was Du uns da über Deinen Bruder gesagt hast, beweist Deine Freundschaft für ihn wie für Laura. Aber kann man auch auf euer beider Diskretion rechnen? Diese ist absolut notwendig, wenn aus einer erfreulichen Freundschaft nicht großes Unheil entstehen soll."

„Ich habe euch nicht getäuscht", versicherte Rose, „und alles, was ich euch gesagt habe, ist nur die Frucht meines Vertrauens, nicht einer sträflichen Indiskretion. Ach, ich ahne wohl, daß Sie für mich dasselbe sein könnten wie Laurette für Vernol. Er hat mir gestanden, daß er in Laura vernarrt ist, und ich hoffe sehr, daß ich selbst Ihnen nicht völlig gleichgültig bin. Wäre es möglich, daß Sie uns etwas verweigern könnten, was für uns alle eine Quelle der Lust sein wird? Ah, wie werde ich vor Freude springen, wenn Sie sich uns nicht widersetzen, und wenn auch Laurette, wie ich dies hoffe, zustimmt."

„Ich gebe meine Zustimmung", sagte mein Vater, „doch sage Vernol noch nichts von unserer Übereinkunft. Es erschiene mir schädlich, ihn jetzt schon einzuweihen. Sag ihm nur, daß er sich bereithalten soll."

„Ah, das verspreche ich für mich selbst wie auch für ihn", versicherte Rose eifrig.

„Ich muß euch noch etwas Wichtiges sagen, Dir und ihm", fuhr mein Vater fort, „Laura ist nur in der Öffentlichkeit meine Tochter, nicht aber dem Blut nach. Doch siehst Du wohl, sie ist mir deshalb nicht weniger lieb. Im Übrigen soll kein Mensch in dieses Geheimnis eingeweiht werden außer euch beiden. Sag Deiner Mutter, daß wir Vernol und Dich gern auf eine Landpartie mitnehmen würden, und bitte sie um ihre Einwilligung. Aber ihr müßt über alles, was geschehen wird, Stillschweigen bewahren."

Keines von all diesen Worten war mir entgangen. Rose erreichte natürlich mit Leichtigkeit, daß sie und Vernol sich uns anderntags anschließen konnten. Ich selbst verbrachte den Rest des Tages in größter Aufregung bei einer Bekannten, während mein Vater jene Vorbereitungen traf, die ihm notwendig erschienen.

Am anderen Nachmittag fanden wir einen geschlossenen Wagen vor unserem Haus. Er führte uns zu einem sehr hübschen Landsitz, der in einiger Entfernung von der Stadt gelegen war. Das Haus war mir bis dahin unbekannt gewesen. Vermutlich gehörte es einem Freund meines Vaters, der es diesem zur Verfügung gestellt hatte. Vernol hatte seine natürlichen Vorzüge noch zu erhöhen versucht, Rose und ich trugen beide sehr elegante Deshabilliés. Wir kamen gegen vier Uhr an.

Welch eine wundervolle Zeit! Eine Weile ergingen wir uns in dem Garten, der in den prächtigsten Farben des Herbstes prangte. Sein phantastischer Schmuck hob sich bunt aus dem grünen Rasen. Das war nicht einer jener Gärten, in denen Regelmäßigkeit und Symmetrie alle Natur ersticken. Vielmehr war er großzügig angelegt und brachte so den Reiz der Natur auf das vollendetste zur Geltung. Wir genossen die liebliche Landschaft, die so recht mit unserer festlichen Stimmung harmonierte. Waren wir nicht dabei, ein Fest zu feiern, wie es die Natur nur den glücklichsten ihrer Geschöpfe gewährt?

Nach diesem Spaziergang, den unsere Küsse und Vertraulichkeiten doppelt reizvoll gemacht hatten, betraten wir das Haus. Mein Vater führte uns in einen schönen Salon, wo für uns eine leichte Mahlzeit angerichtet war. Wir sprachen dem köstlichen Wein und den Früchten zu, und sei es nun durch das natürliche Feuer des Weines oder durch ein Mittel, das mein Vater hineingemischt hatte — er kannte ja deren genug —, fühlten wir uns darauf merkwürdig erregt. Wir warfen uns spielerisch die Blumenkränze zu, mit denen wir uns geschmückt hatten. Ach, es gab noch andere Blumen zu pflücken! Wir befanden uns in einem reizenden Gemach, das mit prächtigen Girlanden bekränzt und von Kerzen erleuchtet war. Kostbare Venezianerspiegel warfen das Bild dieses festlichen Raumes in unzähligen Varianten zurück. Wir bewunderten die ausschweifenden Gemälde, welche die Wände schmückten.

O Himmel, was für Gemälde! Der göttliche Aretino hätte keine wollüstigeren erfinden können. Außer diesen war der Raum noch von etlichen wundervollen Skulpturen geschmückt, die ebenso wie die Bilder der Inspiration der Lust dienten.

Es dauerte auch nicht lange, so befanden wir uns in einem Delirium der Begierde. Bacchus und Amor hatten sich verbündet, ihre Triumphe zu feiern. Rose, die sich von diesen beiden reizenden Gottheiten am lebhaftesten angeregt fühlte, eröffnete den Reigen der Lust. Sie warf sich meinem Vater an den Hals, sie umarmte Vernol. Ah, wie leidenschaftlich küßte sie mich und verführte mich dadurch dazu, dasselbe zu tun. Sie raubte mir mein Taschentuch, das sie ihrem Bruder zuwarf, während sie ihr eigenes meinem Vater gab. Sie hieß ihn ihre Brüste küssen und brachte Vernol dazu, daß er dasselbe mit den meinen tat. Unsere Lippen verschmolzen schließlich miteinander. Diese Spiele, die sich in den Spiegeln vervielfältigten, erhitzten unsere Leidenschaften. Unsere Wangen glühten, unsere Augen sprühten, und unser Atem ging heftig. Vernol befand sich schon im Zustand halber Auflösung, seine Augen waren voll Feuer. Er erschien mir schön wie der helle Tag. Ich betrachtete ihn in diesem Augenblick mit einem göttlichen Vergnügen, und sein Anblick verdoppelte meine Begierden. Er war seiner selbst kaum mächtig. Rose wollte, daß ich mich auf eine Bergère legte, und ich tat es. Sie rief Vernol zur Hilfe. Zusammen schürzten sie meine Röcke, und dann versetzte Rose mir etliche leichte Schläge. Kurz, sie tat alles, damit Vernol zu sehen bekam, wonach er seufzte. Ich wollte mich rächen, aber sie ließ mich gar nicht erst in diese Lage kommen. Augenblicklich warf sie sich auf einen Diwan und reckte bereitwillig ihre Beine in die Höhe, so daß all ihre natürlichen Reize sich meinem Blick boten. Natürlich benutzten wir die Gelegenheit, sie zu liebkosen, doch kaum daß wir sie berührten, begannen schon die Fontänen der Lust zu sprühen. Wir waren im Nu überströmt, denn sowohl Vernol als auch mein Vater erwiesen sich als höchst freigebig, ohne daß ihr Verlangen dadurch gemildert worden wäre, wie wir uns bald überzeugen konnten.

Rose sprang auf die Beine und warf sich auf meinen Vater.

„Mein Lieber, ich habe Dir das Taschentuch zugeworfen. Du wirst mein Gatte sein, ich Deine Frau. Komm, gib mir die Hand!"

„Recht gern, Rose. Aber das wird die letzte Zeremonie sein!"

„Ah ja! Sieh nur, Vernol hat sein Taschentuch Laurette zugeworfen. Wir müssen sie vereinen. Du bist doch bestimmt damit einverstanden?"

„Natürlich, meine Liebe, ganz wie Du willst."

Sie nahm unsere Hände und fügte sie zusammen. Vernol und ich umarmten uns, unsere Lippen trafen sich. Sie legte seine Hand auf meine Brüste und nannte uns Mann und Frau. Wir waren alle vier sehr erhitzt. Vor allem Rose brannte förmlich. „Wie hübsch wäre es", rief sie plötzlich, „wenn wir ein Bad haben könnten, um uns zu erfrischen. Die Glut erstickt mich noch!"

Mein Vater erhob sich und zog an einer Schnur, mittels der er einen Vorhang von einer Nische wegzog. Zu meinem Erstaunen entdeckten wir dahinter ein Badebecken, in das sich abwechselnd kaltes und warmes Wasser, vermischt mit allerlei Wohlgerüchen, ergoß.

Rose war begeistert. „Ist das nicht herrlich? Fast wie in einem verzauberten Schloß! Ich werde mich in eine Nymphe verwandeln, aber ich werde nicht die einzige sein."

In wenigen Augenblicken hatte sie sich mit dem einzigen Abzeichen der Nymphen geschmückt. Sie bemächtigte sich meiner und verlangte von Vernol und meinem Vater, daß sie helfen sollten, mich in denselben Zustand zu versetzen. Die beiden ließen sich das nicht zweimal sagen. In Sekundenschnelle verschwanden alle meine Dessous. Rose gab ihrem Bruder ein Zeichen, und auch er verwandelte sich schnell in einen Faun, während wir meinem Vater unseren Beistand liehen.

Meine Augen verschlangen Vernol. Ah, wie hübsch er war und wie sehr gefiel er mir im Glanz seiner Jugendfrische! Er war weiß und rosig wie ein junges Mädchen, und doch bewaffnet mit dem Speer, der das Kennzeichen des Mannes ist.

Wir tauchten alle vier in das duftende Naß, um darin die Glut zu löschen, die uns zu verzehren drohte. Fortwährend waren wir zwei Nymphen von den männlichen Lanzen bedroht, aber sie erschreckten uns nicht. Wir waren die Beute der vorwitzigen und leidenschaftlichen Hände, der verwegensten Küsse unserer Tritonen und konnten uns nicht genug daran tun, ihnen diese Liebkosungen durch die unsrigen zu vergelten. Wir scherzten mit ihren Pfeilen, und sie wollten sich unser bemächtigen. In diesem Augenblick hatte mein Vater die Klugheit, durch einen schnellen Handgriff das bewußte Schwämmchen bei mir unterzubringen.

Vernol faßte nach mir, doch einem ebenso natürlichen wie wirksamen Instinkt zufolge hinderte ich ihn und flüchtete aus dem Bassin. Flucht ist das sicherste Mittel, das Verlangen der Männer anzustacheln. Rose folgte mir, und sofort waren die beiden hinter uns her. Aber die momentane Abkühlung hatte sie ernüchtert, und so waren sie für den Augenblick keine ernsthafte Gefahr. Wir hüllten uns spielerisch in leichte Schleiergewänder, die nichts verbargen, und machten es uns auf dem Diwan bequem. Mein Vater zog an einer anderen Schnur, und wie durch Zauberei senkte sich ein mit Leckerbissen aller Art, köstlichen Weinen und Früchten beladener Tisch zwischen uns. Wir aßen und tranken, und die Hitze, die uns vorhin verzehrt hatte, begann augenblicklich wieder aufzuflammen. Vernol vor allem war ungeduldig. Ich befand mich in einem Taumel von Lust und genoß mit Augen und Händen, doch hatte ich es nicht eilig, ans Ziel zu kommen. Vielmehr wollte ich langsam genießen und befand mich darin in schönster Übereinstimmung mit meinem Vater, der sich gleichfalls Zeit ließ. Vernol und Rose waren daher gezwungen, ihre Ungeduld zu zähmen. Rose fiel dies leicht, weil unsere Zärtlichkeiten und Liebkosungen sie ihrem eigenen Eingeständnis zufolge schon dreimal dem Gipfel der Lust entgegengetragen hatten. Sie genoß also die Mahlzeit, die sie unser Hochzeitssouper nannte. Aber es war nicht Hymen, der dieses Mahl regierte, dessen Königin allein die Wollust war. Sie allein konnte uns erfreuen und Genüge tun. Deshalb erhob sich in der Mitte der festlich geschmückten Tafel auch triumphierend Priap, der Gartengott, der sein mächtiges Szepter in Händen hielt. Das Tischtuch war an den vier Ecken mit Stickereien geschmückt, welche die wollüstigsten Gruppen darstellten. Unter ihnen gab es alte Satyrn, die hinter blühenden jungen Nymphen herjagten. Alles inspirierte und erregte uns. Rose war wie eine trunkene Bacchantin. Weinglas und Flasche in Händen, bot sie uns den Anblick all ihrer Reize.

Auch ich fühlte nun eine gewisse Ungeduld in mir. Nichts konnte uns mehr erschrecken. Unsere Helden waren bereit. Die Embleme ihrer männlichen Kraft ragten steil in die Luft. Rose vermochte nicht mehr an sich zu halten und rief: „Vernol, nimm Deine Frau! Ich will meinen Mann nehmen.“

Sie warf sich meinem Vater in die Arme und wurde augenblicklich von seiner Lanze durchbohrt. Vernol nahm mich in die Arme und wollte sich schon meiner bemächtigen, da hielt ihn mein Vater auf.

„Nicht so, mein Lieber. Hört, meine Kinder, ich stelle eine Bedingung. Eure Vereinigung hat einen Preis. Es ist nur gerecht, daß ich mich dafür bezahlt mache, wenn Vernol und Laurette sich vereinen. Deshalb werde ich jenen Hofmann nachahmen, der seine Frau mit einem Pagen schlafen sah, den diese liebte. Er erwies dem Hintern des Pagen dieselben Wohltaten, die jener der Dame erwies. Wir wollen es genauso machen. Während Vernol Laura vögelt, soll sein Hintern mir zur Verfügung stehen.“

Ich vermutete, daß ihn die Reize Vernols ebenso mit Begierde erfüllt hatten wie mich, und ich war darüber entzückt, denn so würde ich mich umso freier der Lust hingeben können. Also spornte ich unser wollüstiges Spiel durch meine Freudenrufe an. Ich faßte Vernol, beraubte ihn des letzten Stückchens Stoff das ihn bedeckte, ich präsentierte seine Hinterseite und spreizte seine hübschen Lenden, während sein Speer gegen mein Pförtchen pochte.

„Nein, Vernol, nein, schmeichle Dir nicht, daß ich mich Dir geben werde, ehe Du diese Bedingung erfüllt hast!“

Rose, die nicht untätig zusehen wollte, protestierte und verlangte, meinen Vater noch einmal zu bekommen.

„Wie", rief Vernol, in Hitze gebracht. „Welches Hindernis sollte mich zurückhalten? Seit langem bin ich auf die Folter gespannt. Was, schönste Laura, würde ich nicht tun, um Dich zu besitzen und in deinen Armen zu sterben?"

„In diesem Fall", sagte mein Vater, „wird Rose mit von der Partie sein."

In einem Augenblick verschwand der Tisch nach oben, und das Badebassin ward wieder von seinem Vorhang bedeckt. Ein anderer Vorhang öffnete sich und gab den Blick auf eine Nische frei, die von einem riesigen mit Seide bezogenen Himmelbett ausgefüllt wurde. Diese Nische erschien uns als das wahre Heiligtum der Lust. Wir bezogen diesen Altar der Wonne nur im Schmuck unserer natürlichen Vorzüge. Von allen Seiten gaben glitzernde Spiegel unsere Reize wieder. Ich bewunderte vor allem Vernol. Dieser schöne Jüngling nahm mich in die Arme und bedeckte mich mit Küssen und Zärtlichkeiten. Er war leidenschaftlich gespannt. Ich nahm seine Lanze, mein Vater preßte mit einer Hand seine Lenden, mit der anderen Rosens Brüste, die uns alle drei liebkoste. Vernol lag vor mir auf den Knien, er spreizte meine Schenkel, küßte mein Kraushaar, meine Liebesgrotte, er ließ seine Zunge darin spielen und saugte an meiner Klitoris. Schließlich bettete er sich auf mich, und sein Speer durchbohrte mich. Sogleich warf sich mein Vater über ihn. Rose lag auf den Knien, sie öffnete die Hinterbacken Vernols und befeuchtete den Eingang, durch den die Lanze meines Vaters eindringen sollte. Sie bereitete ihr eigenhändig den Weg. Währenddessen streichelte ich ihre Spalte und brachte sie durch meine Fingerspiele zum Glühen. Nach wenigen Augenblicken schon fühlte ich meine Finger sich befeuchten, und ihre heftigen Atemzüge kündigten uns an, daß sie sich auf dem Gipfel der Lust befand. Vernol war der nächste, der sich verströmte. Mein Vater beschleunigte seine Bewegungen, und so fielen wir bald alle drei in eine wohltuende Ekstase. Nachdem wir wieder zu uns selbst zurückgefunden hatten, ersetzten unsere Zärtlichkeiten die leidenschaftlichen Anstrengungen, die uns vorhin vereinigt hatten. Vernol gestand, daß er niemals etwas Ähnliches empfunden habe.

„Man muß es kennen, um es schätzen zu können", sagte mein Vater. „Komm, liebe Laurette, laß es ihn nun von Deiner Seite aus kosten. Vernol ist weniger gut gerüstet als ich, er wird Dir also nur Süßigkeit bereiten. Schön wie Du bist, verliert er nichts, wenn Du ihm diesmal Deine Hinterseite bietest. Komm in meine Arme. Rose wird dasselbe für Dich tun, was sie vorhin für mich getan hat, und währenddessen Deine Klitoris kitzeln."

Ich warf mich auf ihn und überschüttete ihn mit Zärtlichkeiten. Rose bereitete seinem Instrument den Weg und öffnete meine Lenden für Vernol. Sie benetzte die Spitze seiner Lanze und die Öffnung, durch die diese eindringen sollte. Dann nahm sie dieselbe Stellung wie vorhin ein und liebkoste die Schenkel und Hoden von Vernol, während sie gleichzeitig meine Klitoris kitzelte. Ihr wurde ein ganz ähnlicher Dienst von meinem Vater erwiesen. Die unaussprechlichsten Wonnen kündigten sich an, wir flogen ihnen entgegen.

Ah, dieses Gefühl! Es kam uns allen, wir waren überflutet, der süße Saft der Wollust verströmte. Den lebhaftesten Sensationen ausgeliefert, verfiel ich in konvulsivische Zuckungen.

Doch bald darauf herrschte ein nicht minder wollüstiger Zustand der Ruhe. Auf die Reizung, die ich an all meinen empfindsamen Teilen erfahren hatte, folgte ein Zustand unbeschreiblicher Wonne. Ich kann diesen Tag nur mit jenem vergleichen, an dem ich meine Jungfernschaft verloren hatte.

Endlich begaben wir uns zur Ruhe. Erschöpft sanken wir auf das Lager, um uns zu erholen. Ah, welch ein Tag, welch eine Nacht!

6. Kapitel

Nachdem wir wieder in die Stadt zurückgekehrt waren, bedrängte Rose mich mehrere Tage lang, diese Szene zu wiederholen. Doch ich wollte nichts davon hören. Einmal paßte mir ihre Selbstgefälligkeit nicht, zum andern erschien es mir geschmacklos, etwas Derartiges zu tun, wenn mein Vater nicht dabei war. Meine Vorliebe für Vernol, die nur von meinen Augen und meinen Sinnen ausgegangen war, ohne daß das Herz daran beteiligt gewesen wäre, minderte sich von Tag zu Tag. Schließlich konnte ich nur noch mit Bedauern an diese Vorliebe denken. Leidenschaftlicher denn je kehrte ich zum Gegenstand meiner ersten Liebe zurück. Meine Bindung an ihn nahm — weit entfernt davon, sich zu verringern — neue Formen an. Ich betrachtete meinen väterlichen Geliebten als einen außergewöhnlichen und einmaligen Mann, als einen wahren Philosophen, dessen Liebenswürdigkeit aber gleichzeitig imstande war, jedes Herz zu erobern. Ich liebte ihn, ich betete ihn an.

Ah, teure Eugenie, wie wundervoll sind diese Eigenschaften der Seele, die uns einen Menschen liebenswert erscheinen lassen, die uns unabhängig vom Schrei der Sinne an ihn fesseln! Wieder war ich der einzige Gegenstand seiner Neigung, so wie er der Mittelpunkt meines Herzens war. Die folgenden Ereignisse ließen alle anderen Bindungen, die ich damals schon lösen wollte, vollends vergehen.

Ein Abenteuer, bei dem Rose mit viel Unklugheit und Keckheit mehrere Lanzen brach, entfremdete mich ihr und Vernol zusehends. Ich entdeckte bei dieser Gelegenheit, daß in ihren Herzen kein Raum für delikate Gefühle war. Weder er noch sie hatten etwas anderes als die gewöhnlichsten Leidenschaften im Kopf und das auf eine höchst indiskrete Weise. Diese Eigenschaften, die sich mit den meinen so wenig vertrugen, entfremdeten mich ihnen weitgehend. Ich sah sie in der Folge nicht mehr so häufig. Sie suchten ihrerseits alle Vergnügungen, deren sie habhaft werden konnten. Sie pflegten täglich zusammen zu promenieren, und bei dieser Gelegenheit führte Vernol Rose eines Tages in einen öffentlichen Garten. Dort traf er vier seiner Freunde. Der älteste war kaum zwanzig. Man neckte sich, jubelte, und Umarmungen und neugierige Fragen wurden getauscht. „Wo kommst Du her?" „Was machst Du?" „Wohin gehst Du?" „Wer ist denn diese Schöne?"

Die Antwort auf diese letzte Frage gab den jungen Leuten Gelegenheit, eine Unzahl von Komplimenten auf Rose loszulassen, die davon sichtlich beeindruckt war.

Der älteste der Gesellschaft beschloß alsbald, Vernol zu einem Ausflug zu gewinnen. Vernol machte keine Einwendungen und noch weniger Rose. Sie brachen also auf.

Im ersten Freudentaumel schon vergaßen die jungen Leute völlig, eine Abmachung zu beachten, der sie sich unterwerfen wollten. Nur der älteste von ihnen, der zugleich der schlaueste war, hatte sie nicht völlig aus den Augen verloren. Er nahm Rose zusammen mit einem seiner Freunde in die Mitte. Sie protestierte ein wenig, doch dann ging sie auf die Neckereien der jungen Leute ein. Es war noch mitten in der schönen Jahreszeit. Man wanderte ziemlich rasch. Am Ziel angekommen, begab man sich in ein kühles Zimmer. Rose war erhitzt, sie warf sich auf einen Diwan, öffnete ihr Mieder, und ihre in Unordnung geratenen Röcke ließen ein außerordentlich hübsch geformtes Bein sehen, das wahre Lobeshymnen unserer jungen Leute herausforderte. Man ließ Wein und Likör bringen, die Köpfe begannen sich zu erhitzen und die Sinne nicht minder. Ein freches Liedchen klang auf, das Benehmen wurde freier, etliche Küsse wurden getauscht. Der älteste von den vier Burschen, der natürlich am meisten Erfahrung hatte, umarmte Vernol und verriet ihm schließlich, unter welcher Bedingung die vier diesen Ausflug unternommen hätten. Vernol lachte Tränen darüber, und Rose, die wie gewöhnlich neugierig war, wollte wissen, was es damit auf sich habe. Als die vier Freunde mit der Wahrheit nicht recht herausrücken wollten, bedrängte sie diese umso lebhafter. Schließlich gestand ihr der Älteste, man habe beschlossen, daß derjenige, der die kleinste Rute sein eigen nenne, die Zeche für die übrigen zahlen solle.

Diese Worte und das Gelächter, das darüber ausbrach, ergötzten Rose. Sie wurde lebhaft, hob ein Bein so hoch, daß man beinahe alles sehen konnte, und rief: „Ei, wer wird denn wohl der Schiedsrichter sein?"

„Sie selbst, meine Schöne", sagte der Älteste unverblümt.

Rose, die vom Wein erhitzt war, fühlte sich von dieser Rolle geschmeichelt und erregt und antwortete, daß sie ohne jeden Zweifel für jeden das beste Zeugnis ablegen würde. Von diesem Augenblick an genierte sich niemand mehr. Die obszönsten Ausdrücke mischten sich mit den gewagtesten Zärtlichkeiten, die von Mund zu Mund gewechselt wurden. Rose erwies sich bald als ein erfahrener Champion und nahm unerschrocken an allem teil. Sie war noch auf ganz andere Angriffe gefaßt gewesen, die sie mehr interessierten und die sie daher förmlich herausforderte. Sie rief Vernol zu sich, und indem sie ihm einen Arm um den Hals legte, drückte sie ihn an ihren Busen und verlangte, daß er diesen küsse. Dann ließ sie ihre Hand tiefer gleiten und bemächtigte sich seiner Lanze, während er ihr ganz ungeniert unter die Röcke griff, die nach oben gestülpt wurden und nun so gut wie alles sehen ließen. Dieser Anblick erregte die Freunde so sehr, daß sie alle Selbstbeherrschung vergaßen. Der eine faßte ihr Hinterteil, der andere einen Schenkel, der dritte ihre Brüste. Kurz, jeder packte ein anderes Stück von ihr. Rose befahl Vernol wieder aufzustehen, und sie zeigte ihnen seine Rute.

„Könnt ihr mit etwas ähnlichem aufwarten?" fragte sie herausfordernd.

Darauf nahm jeder seine Waffe in die Hand, und sie hatte das Vergnügen, fünf nackte und bedrohlich aussehende Ruten auf einmal zu sehen. Sie alle sagten ihr den Kampf an, und einige von ihnen würden mit Sicherheit besiegt werden. Rose setzte sich mit ausgebreiteten Schenkeln auf das Bett. Der Ort, an dem das allgemeine Lanzenstechen stattfinden sollte, war völlig unbedeckt.

„Ich könnte nach dem Augenschein urteilen", sagte sie. „Aber ich will die Sache genau nehmen, so daß keiner sich über mich zu beklagen hat. Deshalb will ich ein Maß anwenden, das dem meinen gerecht wird. Los, fangen wir an!"

Sie ließ alle fünf vor sich antreten und nahm mit großer Genauigkeit Maß, und zwar sowohl was die Länge als auch die Stärke betraf.

Der Anblick und die Berührung dieser kampfbereiten Lanzen erregte sie derart, daß sie auf den Rücken fiel und sich nach zwei oder drei Bewegungen den Zuckungen ihrer Wollust überließ. In diesem Augenblick wollten alle zugleich über sie herfallen, doch sie hielt sie zurück.

„Zuerst will ich mein Urteil verkünden", sagte sie. Der Älteste mußte demzufolge den Wein und die übrigen Getränke zahlen, während Vernol den Rest zu übernehmen gehabt hätte, wenn er nicht schon dazu eingeladen worden wäre. So kam der zweitälteste zu dieser Ehre. Er war kaum weniger gut gerüstet als Vernol. Er hatte eine recht ansehnliche Figur, und Rose tröstete ihn über seinen Ärger, indem sie ihm versprach, daß er der erste sein werde, seine Kräfte an ihr zu erproben.

Sie erwartete diesen Augenblick mit Leidenschaft. Alle diese entblößten Lanzen hatten ihre Glut geweckt, und sie brannte nun danach, sie aufzunehmen. Sie ließ sich auf das Bett zurücksinken und zog jenen mit sich, dem sie diese Bewährungsprobe als erstem versprochen hatte. Vernol und die drei anderen folgten in der Reihenfolge, in der sie gemessen und für gut befunden worden waren. Rose ließ sich auf einer Woge von Lust treiben. Es kam ihr ohne Unterlaß. Kaum, daß ihr genügend Zeit blieb, sich zu erholen. Der eine hatte den Ort seines Entzückens kaum verlassen, als der andere schon eindrang. Endlich trat ein Augenblick der Ruhe ein. Man war erschöpft.

Wein, Gelächter und Zärtlichkeiten ersetzten die leidenschaftlichen Eroberungen. Rose fand sich den lasziven Lippen und Händen dieser fünf Faune völlig ausgeliefert. Sie duldeten nicht das mindeste Stückchen Stoff an ihr. So blieb sie in dem anbetungswürdigen Zustand, in dem die drei Göttinnen einst dem Paris erschienen. Da sie alle jung und stark waren, dauerte es nicht lange, bis ihre Begierden wieder neu entflammt waren und zu neuen Heldentaten im Dienste der Venus drängten.

Rose hätte gern den Gürtel der Venus gehabt, ja selbst eine ganze Girlande von wollüstigen Öffnungen hätte ihren Begierden kaum Genüge tun können.

Da sie deren nur zwei besaß, wechselte sie die Szenerie. Der größte und stärkste unter ihren Eroberern mußte sich auf das Bett legen. Sie legte sich über ihn, während der mit einer weniger wirksamen Waffe versehene Freund sich hinter ihr in Positur stellte. Jeder nahm den Weg, der sich ihm bot, während sich jede ihrer Hände einer der übrig gebliebenen Waffen bemächtigte. Vernols Lanze hingegen fand sich bevorzugt, da sie dieselbe zwischen ihre Lippen aufnahm und ihn mit ihrer Zunge liebkoste und kitzelte.

Es dauerte lange, bis die siegreiche Rose, die sich solcherart von fünf Liebhabern auf einmal in jeder erdenklichen Weise erobert fand, in ein Übermaß der Lust versank, das ihr fast die Besinnung raubte.

Ich sah sie am nächsten Morgen. Sie war erschöpft, ihre Augen blickten ermattet. Ich war erstaunt, sie in diesem Zustand zu finden, und fragte sie nach der Ursache. Es dauerte eine Weile, bis sie und Vernol mir dieses Abenteuer gestanden. Ich nahm mir nicht die Mühe, ihr einen guten Rat zu geben, denn ich sah wohl, daß dies nutzlos gewesen wäre. Doch von diesem Augenblick an vermied ich es, die beiden zu treffen. Rose, die sich ohne jede Achtsamkeit den wildesten Leidenschaften auslieferte, erlag ihrer ausschweifenden Lebensweise schließlich. Ihre Regel kam nicht mehr, sie befand sich in einem Zustand schrecklicher Erschöpfung, dem die wildesten Krämpfe folgten. Nach einiger Zeit war sie nur noch ein Schatten ihrer selbst. Ihre Heiterkeit war völlig verschwunden, und ein schleichendes Fieber raffte sie hinweg.

Auch Vernol wurde von einer fiebrigen Krankheit befallen, und er brauchte lange, um sich davon zu erholen. Eine Geschlechtskrankheit machte ihm viel zu schaffen und entstellte ihn völlig. Er blieb noch monatelang schwer krank und konnte sich lange nicht erholen. Mein Vater hatte alle diese Ereignisse vorausgesehen. Ich begriff wohl, was die Sorgfalt, mit der er über mir wachte, mir erspart hatte, und ich konnte meine Dankbarkeit für ihn nicht zurückhalten. Da ich das Übermaß der Begierde fürchten gelernt hatte, schonten wir einander mehr und mehr. Wir waren mehr zärtlich, mehr wollüstig als leidenschaftlich und empfingen unsere Lust aus den Zärtlichkeiten, die wir miteinander tauschten.

Manchmal, wenn ich mich an das erinnerte, was damals auf dem Lande geschehen war, bereitete mir diese Erinnerung einen heftigen Kummer. Und in einer unserer glücklichen Nächte brach ich in plötzliche Tränen aus.

„Was hast Du, meine liebste Laurette", fragte mein Freund ernstlich besorgt. „Warum weinst Du?"

„Ah, mein Liebster! Unmöglich kannst Du mich länger lieben, Du kannst Dein kleines Mädchen nicht länger achten nach allem, was ich getan habe . . ."

„Bist Du verrückt, mein liebes Kind? Glaubst Du wirklich, daß meine Achtung und meine Freundschaft von irgendwelchen Vorurteilen abhängen könnten? Was macht es schon aus, eine geliebte Frau in den Armen eines anderen Liebhabers zu sehen, wenn die Qualitäten ihres Herzens, wenn ihr Geist und Charakter und all die Vorzüge ihrer Person sich nicht im Mindesten geändert haben, und wenn sie noch immer empfänglich ist für eine zärtliche Bindung? Höre meine Grundsätze, meine Liebste. Ich werde glücklich sein, wenn sie Dich beruhigen und überzeugen können, daß ich Dich nach wie vor zärtlich liebe und daß ich Dich nicht im Mindesten weniger schätze als zuvor. Nichts kann mich so wenig beunruhigen, als Dich untreu zu sehen. Denn das ist bei einem Menschen, der aufrichtig und zärtlich liebt, nicht möglich. Ich will Dir ein einfaches Beispiel geben. Ich liebe Dich, meine Laurette, und meine Liebe ist beinahe mit Dir aufgewachsen. Ich glaube, ich habe Dich schon geliebt, als Du kaum sieben Jahre alt warst. Du füllst mein ganzes Herz aus. Und doch — war ich Dir etwa nicht untreu mit Lucette, mit Rose und selbst mit Vernol?

Glaube mir, diese Handlung, die von der Konstitution unserer Organe abhängt, ist zu natürlich, um nicht verzeihlich zu sein. Dem Gegenstand unserer Begierden gilt nur diese. Doch dem unseres Herzens sind wir darüber hinaus auch mit unserer Achtung, mit unserem guten Glauben und unzähligen zärtlichen Gefühlen verbunden. Natürlich gibt es Menschen, die zu ernsthaft sind, um diese Unterscheidung vorzunehmen. Aber ich habe eine glücklichere Wahl getroffen. Die Unbeständigkeit enthüllt ein leichtes Herz, das undankbar und treulos ist. Ich machte sie mir niemals zum Freund. Denn ich glaube, daß jeder Mann, der im Herzen unbeständig und treulos gegenüber einer Frau ist, die delikat in ihren Gefühlen ist, einen kultivierten Geist hat und sich aus Liebe seiner Diskretion ausgeliefert hat, daß jeder solche Mann auch gegenüber seinen Freunden unbeständig und treulos sein wird. Doch die vorübergehende Treulosigkeit der Sinne ist nichts weiter als die Frucht eines leicht beeinflußbaren Temperaments. Verlockt von Begierde, Gelegenheit und allen möglichen unvorhergesehenen Ereignissen, nützt es die Möglichkeiten, die sich ihm bieten. Der Mensch ist aus Widersprüchen zusammengesetzt, mein Kind. Nicht immer stimmt der Wille mit unseren Handlungen überein, und diese hängen nicht immer von ihm ab. Jene Leute, die von einem sechsten Sinn im Menschen sprechen, haben die Natur recht scharf beobachtet. Hängt es etwa von unserem Willen ab, ob wir ihn in Tätigkeit setzen oder nicht? Nein, er selbst ist nicht im Geringsten seinen eigenen Gesetzen unterworfen. Alles an uns ist vielmehr von unserer Konstitution und der Zusammensetzung und Bewegung unserer Säfte abhängig. Nichts kann sich diesen widersetzen, nichts sie ändern als die Zeit, die alles zerstört. Meine Sinne wachsen in der Vereinigung des Geschlechts. Sie wachsen an Eindrücken, deren wir nicht Herr werden können. Warum berührt, verführt und inspiriert der eine Sinneseindruck das Begehren eines bestimmten Menschen, während er auf einen anderen überhaupt nicht wirkt? Wir sind einer Person besonders zugeneigt?

Wohlan, so erscheinen uns sogar ihre Fehler liebenswert. Sowohl solide Bindungen als auch vorübergehende Leidenschaften finden sich in dem Lebenskreis, den wir zu durchschreiten haben. Wenn wir bei unseren Bestrebungen auf Widerstand stoßen, wird sich die Eigenliebe erheben und all ihre Kräfte einsetzen, um diesen Widerstand zu überwinden und jene, die wir am meisten schätzen und lieben, an uns zu fesseln. Schließlich werden Begierde, Ehrgeiz und Habsucht — Eigenschaften, die alle Menschen während ihres Lebens verfolgen — unsere Handlungen bestimmen und sie notwendigerweise in eine Kette von Umständen zwingen, die das Muster ausmachen, das unser Leben formt. Diese drei Beweggründe, die man mit den schmeichelhaftesten Namen zu umschreiben und auf das vollkommenste zu verschleiern sucht, sind die einzigen, die den Menschen in Bewegung halten und ihn regieren. Bei einem Individuum wird nur eines dieser Motive bei seinen Handlungen im Vordergrund stehen, bei einem anderen vielleicht zwei oder auch alle drei, je nach den Anlagen und ihrer Entwicklung. Wenn man von der Natur ein Herz bekommen hat, das für starke und dauernde Leidenschaften, für eine zarte und innige Bindung empfänglich ist, wird die Ähnlichkeit des Temperaments und der Charaktere eine Vereinigung bewirken. Man ist weniger von der Wonne leiblicher Vereinigung erfüllt als vielmehr von der süßen Zufriedenheit, welche aus der Harmonie von Geist und Geschmack entspringt. Es ist verächtlich, aus eigener Schuld das Blumenband der Freundschaft zu zerstören. Mag diese zarte Kette auch noch so leicht zu brechen sein, so ist der Verlust, der aus dieser törichten Handlung folgt, doch unersetzlich. Es ist allerdings richtig, daß man die Sensationen der Lust in diese intimen Bindungen der Menschen gemischt hat. Doch glaube mir, ihr Ursprung ist völlig anderer Natur.

Es gab eine Zeit, meine liebste Laurette, wo man alles, was ich Dir über diese Dinge sagen kann, für eine Fabel gehalten hat, während es doch der Gesetzmäßigkeit der Natur entspringt. Früher oder später kommt die Gewohnheit, welche, ohne die liebenswürdigen Bindungen der Gefühle zu zerstören, doch die Lebhaftigkeit der Begierden, die Feinheit der Wollust erlahmen läßt, so daß diese nur durch ein neues Objekt wieder zum Leben erweckt werden können. Diese Begierden aber scheinen mit unserer Existenz unlösbar verbunden und lassen uns den Reiz und Wert des Lebens erst richtig bemerken. Doch hier gilt es eine schwierige Entscheidung zu treffen.

Hat man genügend Vernunft und Festigkeit, um ein Gebilde der Phantasie zu opfern, eine Laune, einen augenblicklichen Einfall, der die Harmonie einer innigeren Bindung zerstören könnte, so soll man nicht zögern, dies zu tun. Aber zerstört die Eifersucht nicht noch viel mehr als eine vorübergehende Untreue? Ist es nicht viel klüger, sich ohne Groll und Widerwillen den

Gesetzen der Natur zu überlassen, deren Macht doch unbesiegbar ist? Hören wir ihre Stimme, die aus allem spricht! Schließen wir unsere Augen nicht vor ihr, haben wir Verständnis für das, was sie uns zeigen und sagen will! Sie verkündet in allem den Wandel, ja noch mehr, das Ende.

Warum sollten wir uns über ein Gesetz beklagen, das wir nicht ändern können, dem wir absolut unterworfen sind, und das nicht weniger mächtig ist als das der Zerstörung, dem alles Sein ausgeliefert ist? Unsere Eigenliebe und unser Egoismus sträuben sich dagegen, und doch entspricht diese Erkenntnis den Gesetzen der Natur.

Betrachten wir nur die Tiere, meine liebe Laurette. Sieht man etwa die Weibchen mit jenen Männchen verbunden, die sie im Vorjahr gehabt haben? Selbst die Turteltaube, von der wir ein ebenso rührendes wie grundfalsches Bild gezeichnet haben, bleibt nur so lange im gleichen Nest, als ihre Brut ihrer bedarf. Und noch im selben Sommer sucht sie sich einen anderen Liebsten. Suche nach anderen Beispielen in der Natur, Du findest ihrer genug. Denn was ist der oberste Zweck der Natur? Die Vermehrung des Seins. Nur um die Geschöpfe dadurch zur Vermehrung anzuregen, hat sie so viel Lust in die Geschlechtsvereinigung gelegt. Diese Lust ist so groß, daß sie uns sogar gegen unseren Willen zu Handlungen treibt, welche sie hervorrufen. Wenn wir beide dieses Ziel der Natur umgangen haben, so sind es unsere Sitten und Vorurteile, die uns dazu gezwungen haben. Grundsätzlich jedoch ist dieser Plan der Natur so offensichtlich, daß ein Mann von guter Konstitution sogar mit einer Frau zu fruchtbarer Vereinigung kommen kann, die er überhaupt nicht kennt.

Wenn es zuweilen unter beiden Geschlechtern Leute gibt, die dem Willen der Natur gegenüber unempfindlich erscheinen, so ist das nur ein Fehler in der Veranlagung, der die allgemeinen Gesetze nicht zu zerstören vermag.

Ich muß allerdings gestehen, daß der Vorzug der Fruchtbarkeit, den die Männer genießen, den Frauen nicht gegeben ist. Zumeist können sie nur ein einziges Lebewesen hervorbringen. Es gibt Männer, die daraus einen Vorteil ziehen, ohne die bedauerlichen Wirkungen einer Mischung der Samenflüssigkeit zu bedenken. Wenn sich nämlich ein Keim in den Tiefen der Matrix festgesetzt hat und nach einiger Zeit derselbe Mann oder auch ein anderer einen neuen Keim befruchtet und ins Leben ruft, kann die Matrix eine zweite Frucht hervorbringen und selbst eine dritte. Doch liegt dies nicht im Sinne der Natur.

Hat die Natur die Männer mit allen möglichen Vorzügen ausgestattet, so hat sie sich doch auch den Frauen gegenüber nicht ganz und gar als Rabenmutter erwiesen. Diese tragen nämlich ein lebhaftes und immerwährendes Verlangen, einen unersättlichen Appetit in sich, eine Frucht des Lebens zu empfangen und zu tragen. Wenn der eine Mann dieses Verlangen nicht stillen kann oder will, so führt sie ein Gefühl, das stärker ist als alle Vorurteile, zum nächsten. Doch die Wahl hängt von ihrem Geschmack ab. Warum sollten sie auch die Umarmungen und Liebkosungen eines Mannes dulden, den sie verabscheuen? Was könnte aus einer Verbindung Gutes hervorgehen, gegen die sie sich auflehnen? Wie viele Beispiele hat man dafür gesehen? Solche unglücklichen Bindungen, die leider nur zu häufig sind, haben die Möglichkeit einer völligen Trennung bitter notwendig.

Die menschliche Existenz, die natürliche Konstitution des Menschen, gibt ihm das Recht zu wählen und selbst zu wechseln, wenn er sich getäuscht sieht. Nun wohl, wer täuschte sich nicht? Schließlich ist es dieses Recht zu wählen, das die Frau unbeständiger und treuloser macht als die Männer, die sich eher an die allgemeinen Gesetze halten. Wenn nun in den Frauen wegen der Beschaffenheit ihres Geschlechts ein größerer Grad von Wollust, ein lebhafteres und dauerhafteres Vergnügen als in uns Männern lebendig ist, so werden sie in gewisser Weise für die Beschwerden und Schmerzen entschädigt, denen sie unterworfen sind. Welche Ungerechtigkeit, aus diesen natürlichen Eigenschaften ein Verbrechen zu machen! Sind die Frauen etwa die Urheberinnen ihres Temperaments? Von wem haben sie es empfangen? Ihre Einbildungskraft, die auf Grund der Feinheit und Sensibilität ihrer Organe so leicht erweckt wird, ihre exzessive Neugierde und ihr leicht erregbares Temperament gaukeln ihnen Bilder vor, die sie heftig bewegen und die sie der Realität ihrer Begierden um so leichter zugänglich machen.

Betrachten wir doch die Unannehmlichkeiten, die durch die Eifersucht, dieses Lieblingskind unserer Eigenliebe und unseres Egoismus, verursacht werden! Sind die Frauen diesem Übel nicht ungleich stärker unterworfen als die Männer? Finden wir uns doch mit den Eigenarten des weiblichen Charakters ab! Machen wir ihnen das Joch leicht, das die Natur ihnen aufgebürdet hat! Binden wir sie mit losen Ketten, um ihren Geist zu fesseln, ihr Herz zu unterjochen und die Unbeständigkeit zu bändigen, die ihnen die Natur verliehen hat! Halten wir ihnen ihre Schwächen zugute, um sie uns nicht zu entfremden, was ohne Zweifel geschehen würde, wenn sie die Bürde der Ketten, mit denen die Liebe sie beladen möchte, zu drückend empfänden. Ohne diese unsere Großzügigkeit wäre die schönere Hälfte des Menschengeschlechts recht unglücklich. Doch wie bedauerlich ist es, daß diese Grundsätze von dem weitaus größten Teil unserer zivilisierten Welt nicht befolgt werden. Es ist vor allem die Unduldsamkeit, welche die Untreue der Frau zu einem solch beklagenswerten Verhängnis werden läßt. Und doch, glaube mir, liegt es vor allem an uns Männern, durch Klugheit und Weitblick die Frauen vor den furchtbaren Folgen zu bewahren, welche ihre Unabhängigkeit für sie haben kann. Denn so natürlich diese Unbeständigkeit auch Deinem Geschlecht erscheinen mag, so entsteht daraus doch zuweilen das größte Unheil. Bedenken wir nur die unglücklichen Resultate, die diese fatale Neigung bei den Frauen häufig zeitigt, während die Untreue der Männer zumeist keine solchen Folgen nach sich zieht!

Ich werde Dir den Grund dafür an einem einfachen Beispiel beweisen. Wenn man in zwanzig verschiedene Gefäße denselben Wein füllt und diesen dann in einem Gefäß mischt, so wird er in seinem Geschmack und seiner Qualität unverändert sein. Doch wenn man in einem einzigen Gefäß zwanzig verschiedene Flüssigkeiten zusammengießt, so wird sich daraus eine Mischung ergeben, welche die natürlichen Eigenschaften jeder dieser Flüssigkeiten verändert. Und wenn man auch nur einen Tropfen davon in ein Gefäß schüttet, in dem sich eine unvermischte Flüssigkeit befindet, so wird diese dadurch verdorben werden.

Aus diesem Beispiel kannst Du leicht Deine Folgerungen ziehen. Wenn sich ein Mann mit mehreren Frauen vereint, kann daraus kein Übel entstehen. Sein Verhalten ist vielmehr dasselbe, wie wenn man ein und dieselbe Flüssigkeit in mehrere Gefäße füllte. Aber wenn eine Frau, selbst eine gesunde Frau, sich hintereinander mit mehreren Männern verbindet, so wird diese Vermischung der Samenflüssigkeit in ihr, selbst wenn die Männer ihrerseits ganz gesund sein sollten, doch die gefährlichsten Folgen zeitigen.

Wenn ein Mädchen, eine junge, reizende, freie und unabhängige Frau, die dem Pöbel entstammt und daher keine Erziehung genossen hat und keine hinreichenden Vorkehrungen trifft, infolge ihrer eigenen Arglosigkeit oder aus Nachgiebigkeit gegenüber der Lockung jener alten Hähne, die auf ihre Reize scharf sind, sich in diesen schrecklichen Zustand versetzt, so werden die Folgen unausbleiblich sein. Hat sie sich nun infolge ihres Temperaments oder weil sie den Charakter einer Libertine hat, verführen lassen, mehrere Männer in rascher Reihenfolge zu empfangen, wird sie dies zu ihrem eigenen Schaden tun, und sie wird ohne Zweifel ein Opfer der Ansteckung sein, auch wenn diese Männer an und für sich gesund sein mögen. Die Mischung der Samenflüssigkeit in ihrem Innern hat die schädlichsten Folgen. Sie wird an weißem Ausfluß und Geschwüren der Gebärmutter zu leiden haben, wenn ihr nicht noch Schlimmeres bevorsteht. Die Samenflüssigkeit dieser verschiedenen Männer, die einander infolge der Verschiedenheit des Temperaments oder infolge der Verschiedenheit ihres Gesundheitszustandes widersprechen, zerstört die Gesundheit der Frau, die sie in sich aufgenommen hat. Vor allem jene, die an Hautkrankheiten leiden, übertragen diese häufig auf die Frauen, mit denen sie sich verbinden. Gar nicht zu reden von jenen anderen, die an chronischen Geschlechtskrankheiten leiden, ohne daß deshalb ihre Potenz zerstört wäre. Alle diese Stoffe, die sich an ein und demselben Ort treffen, verursachen mit beinahe absoluter Sicherheit ein Gift, das viel wirksamer ist als jeder einzelne Krankheitsstoff für sich allein. Das beweist, daß die Frauen nicht für die physische Untreue gemacht sind und noch weniger für die Prostitution, der sich so viele von ihnen ergeben.

Du ersiehst aus dem Gesagten wohl, daß die physikalischen Erkenntnisse sowie Vernunft und Erfahrung es gewiß erscheinen lassen, daß von dem Augenblick an, da sich die Frauen der Freizügigkeit ihres Temperaments auslieferten, die venerische Ansteckung sich an den Quellen des Lebens verbreiten mußte. Unglücklicherweise ist sie aus den niedrigsten Volksschichten, wo sie vielleicht ihren Ausgang genommen hat, bis zu den Spitzen der Gesellschaft emporgestiegen.

Doch da dies nun einmal geschehen ist, erscheint es ohne Zweifel notwendig, daß erleuchtete und kluge Männer, die durch eine lange Erfahrung weise geworden sind, versuchen, ein Mittel zu finden, das die verheerenden Folgen dieser geschlechtlichen Vergiftung aufhebt. Es gab genügend solche Männer, die, mögen sie auch dem Spott und dem Geschrei des Pöbels ausgesetzt sein, doch ihren Zeitgenossen ebenso nützlich sind wie künftigen Generationen, indem sie die Schäden zu beseitigen suchen, die aus der Prostitution der Frauen für alle Welt entstanden sind.

Das ist übrigens auch ein Vorteil dieses Schwämmchens, das ich Dich benützen lehrte. Aber die Anwendung desselben allein genügt nicht. Die Flüssigkeit, mit der es präpariert ist, zerstört zwar die Kraft des männlichen Samens, aber das Gift, das durch die Vermischung der Säfte auf den weiblichen Körper einzuwirken vermag, ist oft stärker. Immerhin reicht diese Vorsichtsmaßnahme in vielen Fällen, die verheerenden Folgen einer Infektion zu verhindern.

Es gibt indessen noch eine stärker wirkende Flüssigkeit. Eine Frau, die ihren Gebärmuttermund durch ein mit dieser Flüssigkeit durchtränktes Schwämmchen verschließt, kann sich ohne Risiko mit mehreren Männern paaren, ja, sie kann sogar einen kranken Mann empfangen. Kommt ihr der Verdacht, daß ein Mann krank sein könnte, zu spät, so kann sie das Schwämmchen hinterher mittels der seidenen Schnur entfernen und sich durch eine Waschung mit derselben Flüssigkeit reinigen, um danach ein anderes Schwämmchen, das auf dieselbe Weise getränkt ist, wieder einzuführen. Man kann diese Schwämmchen auch in eine starke Lösung einer solchen Flüssigkeit tauchen und sie hernach wieder in Gebrauch nehmen.

Auch ein gesunder Mann kann sich im Verkehr mit einer Frau, die er im Verdacht einer venerischen Erkrankung hat, schützen, indem er ein mit vorbeugender Flüssigkeit getränktes Schwämmchen in ihre Vagina einführt. Doch sollte er nach dem Verkehr sein Glied in dieser Flüssigkeit waschen. Dazu kann man ein Glas oder Porzellangefäß verwenden. Noch sicherer ist es, wenn man in den Harnkanal etwas von dieser Flüssigkeit einführt. Dazu kann man eine kleine Elfenbeinröhre — doch niemals einen Metallgegenstand verwenden. Will der Mann eine sehr köstliche Sensation erleben, soll er diese Flüssigkeit zur Hälfte mit Rosenwasser mischen. Ich würde Dir das nicht sagen, meine Liebe, wenn ich nicht die entsprechende Erfahrung gemacht hätte.

Auch könnte ich Dir, meine liebe Laura, noch eine Reihe von anderen Beweisen dafür geben, daß die Natur den Frauen nicht dasselbe Recht auf Untreue gegeben hat wie den Männern. Doch anderseits ist es sicher, daß sie in ihr Herz und ihren Charakter mehr Unbeständigkeit gelegt hat als in unser Geschlecht. Ah, wie glücklich sind wir, wenn ein Liebesobjekt unser wahres Gefühl erweckt! Sollten wir da nicht ein kleines Opfer bringen, um einen großen Verlust zu vermeiden?"

Gerechter Himmel, wie tief war doch seine Erkenntnis des menschlichen Herzens! Du wirst mir das ohne Zweifel zugestehen. Durch dieses Gespräch nahm er mir eine Last von der Seele. Er gab mir meine Ruhe wieder und erfüllte mich mit vollkommener Freude.

Ich wollte allerdings noch einen gewissen Verdacht klären, den unsere ländliche Orgie damals in mir erweckt hatte. Zwar zögerte ich anfangs, ihn danach zu fragen, aber schließlich wagte ich es doch.

„Ich möchte Dich noch etwas fragen, mon cher, und ich bitte Dich, mir offen darauf zu antworten."

„Wie? Meine Laurette, könnte ich Dir das unwürdige Beispiel der Verstellung geben, nachdem ich mich immer bemüht habe, in aller Aufrichtigkeit mit Dir zu reden? Sprich offen, und ich werde Dir offen antworten."

Ich rückte also unbefangen mit meinen Zweifeln heraus.

„Als wir damals jenen Landausflug machten und Du eine gewisse Bedingung stelltest, um meiner Torheit Vorschub zu leisten, habe ich mir eingeredet, daß die Reize dieses hübschen Jungen dein Verlangen ebenso erweckt hätten wie meines und daß Du, um Dich daran zu ersättigen, diese Bedingung gestellt habest. Habe ich mit dieser Vermutung recht gehabt?"

„Ah nein, wie Du Dich täuschst, meine Liebste! Ich war begehrlich, das stimmt. Du hast das untrügliche Zeichen dieses Verlangens ja gesehen. Wer hätte in einer Situation wie dieser nicht ähnlich empfunden? Aber in erster Linie waren die Vorzüge Deiner eigenen Person die Ursache dieser Empfindungen. Ich muß Dir gestehen, daß mir die Vorliebe mancher Männer für ihr eigenes Geschlecht immer bizarr erschien, wenn man sie auch bei allen Nationen finden mag. Diese merkwürdige Leidenschaft erscheint mir vor allem deshalb extravagant, weil sie alle Gesetze der Natur verletzt, es sei denn, daß ein akuter Mangel an Frauen uns unsere Zuflucht zu unserem eigenen Geschlecht nehmen läßt. Man kann dies in Schulen, Klöstern, Gefängnissen und überall dort, beobachten, wo die Frauen aus dem Leben der Männer ausgeschlossen sind. Doch werden diese Unglücklichen, welche die Reize der Frauen entbehren müssen, immer wieder zu diesen zurückkehren, wenn sie die Möglichkeit dazu haben.

Etwas anderes ist es mit der Neigung der Frauen für ihr eigenes Geschlecht. Diese scheint mir nicht so unnatürlich. Ich glaube vielmehr, daß die Zärtlichkeit ihres Betragens untereinander sie sehr leicht verführt, mit ihren Geschlechtsgenossinnen eine intime Bindung einzugehen. Auch stört diese Neigung zumeist ihre Vorliebe für unser Geschlecht nicht im Geringsten. Tatsächlich werden diese armen Geschöpfe doch zeitlebens einem gewissen Zwang unterworfen. Man sperrt sie in Klöster ein, bei nahezu allen Nationen macht man aus ihrem Heim ein Gefängnis.

Diese Abgeschlossenheit erzeugt in ihnen die Illusion, daß sie wenigstens in den Armen ihrer Geschlechtsgenossinnen jene Wonne suchen und finden könnten, nach der ihre Natur verlangt, wenn ihnen schon der natürlichere Umgang mit Männern verwehrt ist. Und da dieses unzweifelhafte Vergnügen, in dem sich Schönheit, Grazie und Jugendfrische mischen, für sie völlig ungefährlich ist, geben sie sich ihm nach den ersten schüchternen Versuchungen mit einer gewissen Leidenschaft hin. Sie riskieren nichts und sie gewinnen viel in einer solchen zärtlichen Bindung.

Bei den Männern ist das etwas anderes. Im Allgemeinen mangelt es ihnen nicht an Frauen, und es ist für sie nicht halb so gefährlich wie für jene, ihren Wünschen nachzugehen. Sie haben also recht wenig Grund, sich mit ihresgleichen einzulassen. Übrigens scheint es mir im Ganzen als pervers, und Du darfst mir glauben, daß es damals mit Vernol das einzige Mal war, daß ich etwas dergleichen getan habe. Doch wenn mir diese Methode der Lust auch bei den Männern höchst bizarr erscheint, so finde ich es doch ganz natürlich, eine Frau gelegentlich von hinten zu nehmen. Ja, ein schlecht ausgerüsteter Mann ist in einer weiten Vagina so gut wie verloren und daher beinahe gezwungen, es mit einem engeren Weg zu versuchen, um auf dem Feld, das er beackert, die Lust zu empfangen, nach der er strebt. Und übrigens gibt es sogar eine ganze Anzahl von Frauen, die nicht anders erregt werden können als auf diesem Weg.

Doch um auf die Gründe zurückzukommen, die mich damals veranlaßten, Vernol zu nehmen: Meine Liebe und mein Begehren galten Dir, und nur dir allein. Aber ich habe, wie Du weißt, keine Vorurteile. Dazu kam ein lebhaftes Verlangen, Dich von allen Seiten zu befriedigen und all Deine Gefühle zu wecken. Auch wollte ich, daß Du die Verschiedenheit des Genusses kennen lernen solltest. Dazu kam, daß ich Vernol seinen Genuß nicht allein zu gönnen vermochte, ich wollte daran teilnehmen. Auf welch andere Weise hätte ich dies erreichen können, ohne in Deinem Herzen als ein eifersüchtiger Tyrann zu gelten? Hätte ich mich Deinem Verlangen nach Vernol widersetzt, würde ich vielleicht Deine Zärtlichkeit und Dein absolutes Vertrauen verloren haben. Das konnte ich nicht riskieren, umso weniger, als ich nur auf Dein Herz eifersüchtig bin. Anderseits konnte ich Dich nicht in den Armen Vernols sehen, der sich meine Gefühle für Dich anmaßte, nur um eine Eroberung, die mir so viel bedeutete, dann als ein hübsches Abenteuer zu betrachten. Ich wollte, daß er sich, ebenso wie Rose, nicht dieser Lust erinnern könne, die er in deinen Armen empfing, ohne zur selben Zeit daran zu denken, daß er dafür mit seiner eigenen Person hatte bezahlen müssen. Und ich hoffte, daß diese Erinnerung seinen Gedanken und seiner Zunge einen Zaum auferlegen würde. Ich habe ihn mit umso mehr Grund in der Art der Frauen benutzt, weil Männer kaum je klug und diskret genug sind, das Gute, das ihnen widerfahren mag, für sich zu behalten. Um Dir die Ehrlichkeit meiner Gründe zu beweisen, erinnere ich Dich daran, daß Rose von mir nicht auf diese Weise behandelt wurde, obwohl das bei einer Frau doch um vieles natürlicher erschiene als bei einem Mann. Doch sie war mir dazu nicht wichtig genug. Und obwohl dies das erste Mal gewesen wäre, sie auf diese Weise zu besitzen, habe ich es doch Vernol überlassen, ihre zweite Jungfernschaft zu brechen. Urteile nun selbst, ob ich Dich täusche."

Seine Antwort überzeugte mich. Ich umschlang ihn mit meinen Armen, ich drückte ihn an mein Herz, ich erstickte ihn beinahe mit den Beweisen meiner Liebe.

„Mein Liebster, nie, nie wieder werde ich Deine Güte und Deine Liebe für Deine Laurette bezweifeln. Glaube mir, von nun an soll jeder Atemzug meines Lebens Dir geweiht sein. Ich will Dich zum Gefährten meiner Lust wie meiner Sorgen, ja selbst meiner geheimsten Gedanken machen. Die Beständigkeit und Treue meines Herzens sollen Dir die Innigkeit eines Herzens beweisen, das nur für Dich schlägt."

Ich genoß in der Folge vier köstliche Jahre, die erfüllt waren von Frieden und süßem Glück. Er war all meine Seligkeit. Behütet und behütend, liebend und wiedergeliebt genoß ich das Glück seiner innigen Zuneigung jeden Tag aufs neue. Nichts trübte mein Glück außer dem Tod unserer lieben Lucette. Ihr Andenken ist mir für immer teuer. Dies ist die Frucht der tiefen Zuneigung, die wir für einander empfanden. War nicht ihr ganzes Verhalten von der zärtlichen Liebe erfüllt gewesen, die sie meinem Vater und mir entgegengebracht hatte? Ich hatte den Unterschied zwischen ihr und Rose wohl erkannt und die Verbindung mit ihr viel höher eingeschätzt als jene mit der flatterhaften Rose. Doch ach, der Verlust, den ich durch sie erlitt, war nur ein schwacher Vorgeschmack jener Qualen, jener nachtschwarzen Kümmernisse, die gar bald über mich hereinbrechen sollten. Ach, meine Eugenie, wozu diese Wunde aufs Neue aufreißen? Wozu meinen Schmerz erneuern?

Die Erinnerung an mein Unglück zerreißt mein Herz. Nein, ich will nicht noch einmal darüber sprechen . . .

8. Kapitel

Und doch, meine teure Freundin, muß ich dieses schreckliche Gemälde des Schmerzes vor Dir ausbreiten. Ah, Deine Laurette ist nicht mehr sie selbst, mein Herz blutet, erschüttert läßt meine Hand die Feder sinken, ein wildes Schluchzen schnürt mir die Kehle zu. Meine Augen sind eine Quelle der Tränen geworden. Vielleicht hätte Deine Freundschaft sie trocknen können, wenn ich bei Dir gewesen wäre. Endlich, nach einem neuen Ausbruch der Verzweiflung finde ich die Kraft, mein Unglück vor Deinen Augen auszubreiten.

Du weißt, daß ich gerade zwanzig Jahre alt geworden war, als mein Vater, der zärtlichste und liebenswürdigste aller Väter und zugleich der wundervollste und anbetungswürdigste Liebhaber, dessen Leben ich nur zu gern mit meinem eigenen erkauft hätte, dessen Verlust für mich unersetzlich ist, durch eine Lungenkrankheit hinweggerafft wurde.

Ach, alle Kunst der Ärzte war an ihm vergeblich. Ich verließ ihn niemals, ich weilte Tag und Nacht an seinem Bett, das ich heimlich mit meinen Tränen benetzte. Ich versuchte sie vor ihm zu verbergen, doch mein bebender Mund verriet ihm meine Verfassung. Er war gerührt und wollte mir seinen Zustand verbergen. Er bat mich, ihn für etliche Stunden zu verlassen, um auszuruhen, aber ich brachte es nicht übers Herz. Kaum, daß ich auf die Ratschläge hörte, die er mir gab. Denn er erkannte die Situation und begegnete ihr mit Entschlossenheit. Schließlich traf mich der entsetzliche Schlag. Ach, meine Lippen empfingen seine letzten Seufzer.

Welch ein Verlust für mich, Eugenie, meine liebe Eugenie! Meine Augen starren blicklos auf das Papier, auf dem ich darüber berichte. Ich war ihm tausendmal mehr zugetan, als wenn er mein wirklicher Vater gewesen wäre. Er hatte mich einst mit dem Comte de Norval bekannt gemacht, dessen Vergnügungen ich mein Leben verdanke. Ich habe ihn ohne die geringste Bewegung, ohne ein anderes Interesse als dem einer gewissen Neugier betrachtet.

Wo ist nur diese innere Stimme, habe ich mich gefragt, die uns denen in die Arme führt, die uns das Leben gegeben haben? Welch eine nutzlose Chimäre! Unser Herz spricht aber nur für jene, die unser Glück und unsere Zufriedenheit geschaffen haben.

Der Schatten des Schmerzes, der auf mir lag, die Verzweiflung und Zerrissenheit meines Herzens machten es mir unmöglich zu schlafen. Schließlich wurde ich selbst schwer krank. Ich wollte sterben. Doch meine Stunde war noch nicht gekommen, und meine Jugend fand Mittel und Wege, um mich zu retten. Doch selbst als ich meine Kräfte wiedergewonnen hatte, fand ich nur einen Gedanken: Den, mich lebendig zu begraben. Ich hatte alles verloren. Das Leben war mir hassenswert geworden. So schien nun das Kloster das einzige Ziel meines Verlangens. Ach, wie hatte ich jemals glauben können, dort meine Leiden zu enden?

Mein Schmerz wäre heute noch so stark wie je zuvor, wenn Du ihn nicht gelindert hättest. Erlaube mir, meine schöne und zärtliche Freundin, daß ich zu meiner eigenen Genugtuung vor Deinen Augen das Bild jener süßen Augenblicke ausbreite, die ich bei Dir verbrachte und durch die Du einen heilsamen Balsam in mein wundes Herz gegossen hast. Diese starke Erregung, die man Sympathie nennt, dieses Interesse, das man am Unglück eines anderen nimmt, dem man sich verwandt weiß, ließ Dich für mich fast vom ersten Augenblick an Freundschaft empfinden. Du durchschautest den Zustand meines Herzens, ohne die Gründe zu kennen. Du ließest meinen Tränen freien Lauf, Du hast deine Zelle verlassen, um meinen Schmerz zu lindern. Deine Jugend, Deine Grazie, Deine Reize und dein Geist verliehen Deinen Gesprächen Gewicht. Du hast meinen Kummer und mein Bett geteilt.

Wie erstaunt war ich über die Schätze, die Dein Nonnengewand und Dein Schleier mir verbargen! Dieser Anblick rührte ein lebhaftes Gefühl, und damit auch die Erinnerung an meine Leiden wieder auf. Du hast meine Tränen fließen sehen, Du warst darüber erstaunt. Du wolltest die Ursache meines Kummers kennen lernen und ein Geheimnis enthüllen, das ich vor aller Welt verborgen sehen wollte. Ich reagierte kaum auf Deine Fragen, so sehr befand ich mich in einem Zustand innerer Abgestumpftheit. Ohne die Empfindung des Schmerzes, die mich ganz ausfüllte, wäre ich tot gewesen. Doch da empfing ich die Zuneigung einer Freundin. Ich hatte nicht geglaubt, daß ich überhaupt noch für ein menschliches Gefühl empfänglich sein würde. In diesem Augenblick merkte ich wohl, wie sehr Lucette mir fehlte. Ich glaubte nicht, daß jemals irgendjemand sie ersetzen könnte. Wie hätte ich annehmen können, daß ich diese Freundin just unter der Maske finden würde, die Du trägst? Doch Dein Charakter, Dein Temperament, Deine Seele offenbarten sich mir bald in all ihren Reizen. Ich begann Dich zu beobachten, und diese Beobachtungen fielen sehr zu Deinen Gunsten aus. Deine Freundschaft und Dein Vertrauen weckten schließlich auch meine Gefühle für Dich. Dein Geständnis ließ auch mich Dir gegenüber Offenheit üben, und so fand ich in Deinen Armen den Trost, dessen ich so sehr bedurfte.

Mit welcher Genugtuung erinnere ich mich an jene Nacht, da Du mir sagtest: „Meine liebe Laurette, ich habe Grund zu vermuten, daß Du einen schweren Kummer mit Dir herumträgst. Doch vielleicht kann ich Dir helfen, indem ich Dir die Ursache des meinen enthülle. So habe ich vielleicht die Genugtuung, Deinen Schmerz durch den meinen zu heilen."

Du dachtest mit Recht, daß ich, die ich das Geheimnis meines Herzens so strikt zu bewahren vermochte, auch Deines so hüten würde. Und Du hast Dich nicht getäuscht. Ich glaube Dich noch reden zu hören, als Du mir sagtest: „Hör zu, mein Herz! ja, auch ich liebe, so zärtlich wie eine Frau nur zu lieben vermag. Aber ach, ich habe das grausame Unglück, dem Leben einer Nonne ausgeliefert zu sein. Diese honigsüßen, betrügerischen Beguinen haben meine unerfahrene Jugend hier eingemauert und meine Hoffnungen in diesem elenden Gefängnis begraben. Meine Unwissenheit ließ mich die ewigen Gelöbnisse ablegen. Ach, seither foltern mich meine Begierden, deren Opfer ich bin. In der Nacht flieht der Schlaf meine Augen, und während des Tages ödet alles mich an. Meine Seele ist wie abgestorben. Urteile selbst über meinen Zustand. Frei wie Du bist, kannst Du Dich wenigstens einem Liebhaber überlassen, der Deine Reize zu schätzen wissen wird, die ich sehe und berühre."

Deine Hand, die sich bei diesen Worten auf meine Brust gelegt hatte, ließ mich zusammenschauern. „Ah, liebste Eugenie", rief ich mit Leidenschaft, „das ist ja der Grund meines Kummers. Ich habe einen Geliebten verloren, den ich anbetete, und der Tod hat mich selbst verschont. O Himmel, warum bin ich nicht statt seiner gestorben?"

Aber da ist er . . . ja, er ist es, den ich halte . . . Ich reiße Dich in meine Arme. Du hast mir eine süße Illusion gegeben. Doch ach, der Teil Deiner Reize, den meine Hände erfassen, bringt mich zu mir selbst zurück. Das, was Dir fehlt, zerstört das holde Phantom, das meine Phantasie sich geschaffen hat. Dabei sollten Deine Reize meine Zunge doch zu wahren Elogen anspornen. Deine Brüste, Deine Schenkel, Dein Haar, Deine Liebesgrotte, alles bot sich meinen bewundernden Augen. Schließlich erlöste mich der Anblick so vieler Vorzüge von meinem Schmerz.

„Ah, welche Wonne für Dich und Deinen Liebhaber", rief ich, „wenn er Dich in seinen Armen hielte wie ich Dich jetzt halte."

Du möchtest etwas wissen, Du schwankst, Du versuchst mich zu fragen und wagst es nicht. Schließlich nimmst Du Deinen Mut zusammen und fragst mich, ob ich diese Vergnügen denn kenne und ob sie wirklich so groß seien, wie Du gehört habest. Ich gestehe Dir das ein und zeichne Dir ein reizendes Bild davon, das Dich entzückt, ohne Dich zu überzeugen.

„Du mußt diese Wonnen kennen lernen", rief ich. „Wie? Du bist siebzehn Jahre alt und kennst sie nicht? Wenn Du willst, werde ich Dich wenigstens einige davon kosten lassen."

Deine Neugier und Dein Verlangen, das meine Zärtlichkeiten in Dir erweckt hatten, ließen Dich zustimmen. Der Eifer, Dich meinerseits zu trösten und Dich von den Schatten Deiner Unwissenheit zu befreien, linderte meinen Schmerz. Du warst für meine Lockungen bereit. Ich breitete Deine Schenkel aus, ich liebkoste die Lippen Deiner kleinen Grotte, die wie frische Rosen waren. Doch noch wagte ich meinen Finger nicht vordringen zu lassen. Du warst noch nicht genügend eingeweiht, um in dem ersten flüchtigen Schmerz eine Ahnung der Lust zu entdecken. Schließlich gewann ich den Preis der Begierde, und Deine reizende kleine Klitoris, die ich liebkoste, brachte Dich in eine leidenschaftliche Ekstase.

Ah, ihr Götter! Welch wundersame Wonne! Augenblicklich hast du mich zu Deinem Liebhaber gemacht. Du hast mich mit Küssen überhäuft. Deine Hände irrten über meinen Körper. Gar zu gern wolltest Du mir denselben Dienst erweisen, den ich Dir eben erwiesen hatte, aber mein Körper war noch zu sehr vom Schmerz überschattet. So widerstand ich den Bemühungen Deiner zärtlichen Hände. Doch nahm ich Dich in die Arme und wiederholte meine Zärtlichkeiten. Es dauerte nicht lange, so warst Du wieder in jenem Zustand der Erregung. Ich konnte Dich mühelos überreden.

„Nun gut", sagtest Du mir mit dieser reizenden Lebhaftigkeit, die ich so an Dir schätze. „Mach mit mir, was Du willst."

Ich liebkoste Deine kleine Grotte aufs neue und ließ dann meinen Finger behutsam eindringen, während ich Dich mit der anderen Hand kitzelte. Das Vergnügen erschien Dir, da es mit einem süßen Schmerz vermischt war, noch einmal so lebhaft. So bin ich also jene glückliche Sterbliche geworden, die Deine Jungfernschaft, diese kostbare und seltene Blüte der Frauen, gepflückt hat.

Nachdem ich mit Dir so vertraut geworden war, zögerte ich nicht, Dir mein Herz ganz zu öffnen, um Dich Schritt um Schritt auf jenem Weg der Wollust weiterzuführen. Meine Hand war es, die dich von den Hemmnissen Deiner Unwissenheit und den Vorurteilen eines Kindes befreite. Die Furcht vor einer Schwangerschaft konnte Dir nichts mehr anhaben, ich habe Dich durch meine Erfahrung belehrt. So verdankt mir Dein Liebhaber den ersten Schritt zu seinem und Deinem Glück.

„Aber ach", klagtest Du mir, „all diese Dogmen, die man mir in meiner Kindheit eingeimpft hat, die Gelöbnisse, die man mir diktierte, dieser Schleier, den man mir aufgezwungen hat, alles widersetzt sich meinem Glück." Aber meine Liebe, meine Vorbereitungen und mein Beistand haben diese Vorurteile abgeschwächt und alle Hindernisse beseitigt.

Du verdankst mir den Frieden Deines Geistes und die Gesellschaft, derer Du Dich erfreust: Vor allem aber verdankt mir Dein Liebhaber seinen Sieg. Meine Freundschaft hat euch beiden gedient. Doch zuvor mußte ich mich überzeugen, daß Valsay, der Deinem Herzen so teuer war, Deine Liebe auch verdiente. Du weißt, daß diese Fürsorge nicht einem einzigen Tag entsprungen ist. Eine kultivierte Frau mit Taktgefühl wird immer imstande sein, das Herz eines Mannes zu durchdringen, trotz aller Täuschungsmanöver und aller Doppelzüngigkeit, hinter denen er sich zu verbergen suchen mag. Aber ich war mit Valsay zufrieden. Er gefiel mir gut genug, so daß ich es wagte, alles auf mich zu nehmen, um Dein Verlangen nach ihm zu befriedigen. Ohne meinen Beistand würden Deine Schwäche und Schüchternheit die Hindernisse, die euch trennten, nie überwunden haben. Erinnere Dich an jenen Tag, da Dein Geliebter Dich auf das leidenschaftlichste bedrängte, ihn glücklich zu machen. Ich sekundierte ihm mit all meiner Kraft. Du hast Dich verteidigt, während Du ihn doch begehrtest. Du hast ihm Gründe entgegengesetzt, die Dir stark genug erschienen. Du hast ihm Hindernisse vor Augen geführt, die in Deinen Augen unwiderstehlich waren. Ich hatte Mitleid mit ihm. Ich sah das Feuer der Begierde in ihm und Dir glühen. Der Augenblick erschien mir günstig, und so beschloß ich, zu Deinem Glück beizutragen.

„Nun gut", sagte ich Dir, „ich werde alles überwinden. Valsay, man wird Dich als undankbar tadeln, wenn Du meine Bemühungen nicht zu würdigen weißt."

Ich schloß die Türen des Sprechzimmers auf unserer Seite, ohne auf Deine Einwände zu achten. Dein Liebhaber tat auf seiner Seite dasselbe. Ich nahm Dich in meine Arme und preßte Dich gegen das Gitter. Ich lüftete Deinen Schleier. Er nahm Deine Brüste in die Hand, er küßte Dich und liebkoste Deine Zunge mit der seinen, als Deine Lippen sich schließlich öffneten. Doch sein leidenschaftlicher Durst nach Deiner Schönheit führte seine Hände, die wie von selbst unter Deine Röcke glitten, um Deine verborgensten Reize zu liebkosen. Ich preßte Dich gegen ihn, und auch ich küßte Dich. Schließlich gelang es ihm, sich dieser liebenswürdigen kleinen Grotte zu bemächtigen, die in all dem Glanz Deiner Jugendfrische erstrahlte. Seine Zärtlichkeiten entfachten in Dir eine leidenschaftliche Begierde. Er verwünschte dieses unerbittliche Gitter, das euch trennte und das sich seiner Lust widersetzte. Ich war nahezu außer mir.

„Wie", sagte ich zu Deinem Liebhaber, „haben Sie so wenig Selbstvertrauen? Ach, Valsay, dem, der liebt, ist alles möglich. Ich liebe meine teure Eugenie viel mehr, als Sie es tun, und ich werde Ihnen beweisen, daß dieses Gefühl mir alles ermöglicht. Nichts kann mich zurückhalten, sie zu befriedigen. Denn wenn wir jetzt aufgeben, ist alles verloren."

Du hast Dich uns schließlich ergeben. Ich veranlaßte Dich, auf die Brüstung des Gitters zu steigen und Deine Hände auf meine Schulter zu stützen. Ich hielt Dich. Valsay schürzte Deine schwarzen Röcke, welche das blendende Weiß Deiner Schenkel noch einmal so strahlend erscheinen ließen. Er liebkoste und küßte sie und schenkte ihnen alle Aufmerksamkeit, die sie verdienten. Deine kleine Grotte, die sich durch die Gitterstäbe so reizvoll zur Schau stellte, bot ein bezauberndes Bild. Ich gab ihr unzählige Küsse, doch weil sich Valsay beeilen mußte, wenn er sein Glück gewinnen wollte, nahm er Dich schließlich, während ich, meine Hand zwischen Deinen Schenkeln, Dich liebkoste. Das Vergnügen, dem wir uns überließen, überwand schließlich Deine Bedenken. Du nimmst meine Brüste in die Hand, Du küßt mich, Du verschlingst mich beinahe, es kommt Dir. Valsay hat die Klugheit, sich zurückzuziehen. Seine Wollust verströmt zwischen meinen Fingern und ergießt sich auf meine Hand wie die Lava eines Vulkans. Da kommt ihr beiden wieder zu euch selbst zurück. Du beschaust und liebkost dieses Kleinod, das ich Dir in so lebhaften Farben geschildert habe.

Doch Du kannst Dich seiner ohne meine Hilfe nicht mehr bedienen. Deine Augen sprechen von einer unterdrückten Leidenschaft. Du wagst nicht, mich zu bitten, daß ich Deiner Leidenschaft noch einmal diene, aber ich errate auch so, was Du begehrst. Schließlich bedrängst Du mich und beschwörst mich, Dich nicht zu verlassen. Wie, grausame Freundin, Du willst, daß ich Zeugin Deiner Wonnen und Deiner Seligkeit werde, während die meinen für immer verloren sind? Doch die Freundschaft, die ich für Dich empfinde, verweigert Dir nichts. Ich biete Dir aufs Neue meinen Beistand, und dieses Anerbieten entzückt Dich. Du erstickst mich in Deinen Küssen. Ich erinnere Dich in diesem Augenblick daran, daß Du Dich mit jenem gewissen heilsamen Schwämmchen bewaffnest. Du läßt mich die Gottheit sehen, der Du so eifrig dienst, mit der Du scherztest, die Du von Tag zu Tag mehr begehrst. Deine Tollheiten nehmen immer mehr zu. Du hast ihm meine Brüste enthüllt und alles, was ich sonst zu verbergen habe. Ich habe mich Deinen Neckereien überlassen. In welchen Zustand der Erregung habt ihr beide mich versetzt! Ich habe es Dir gestanden, und das treulose Mitleid hat mein Geheimnis verraten. Du willst, daß ich mit Deinem Geliebten spiele, du gönnst ihm meine Reize. Du bedrängst mich, seinen Wünschen zuzustimmen. Deine Geständnisse, Deine Bitten und seine Begierden, deren unübersehbares Zeugnis Du wieder und wieder in meine Hand gibst, sollen mich umstimmen.

Ich widerstehe täglich. Deine Bitten, sein Flehen, selbst das Feuer in meinen Adern kann mich nicht zu einem solchen Entschluß bringen. Nein, meine teure Eugenie, nein.

Vergeblich machst Du mir Vorwürfe über meine Gleichgültigkeit, wirfst mir sogar vor, ihn zu hassen. Aber Valsay ist nicht imstande, die eine zu durchdringen oder den anderen zu erwecken. Unsere Freundschaft allein genügt mir.

Nach dem übergroßen Verlust, den ich erlitten habe, werde ich niemals wieder eine intime Liaison mit einem Mann eingehen, und nichts kann mich in diesem Entschluß wankend machen. Du kannst davon überzeugt sein, daß weder eure Lust noch die Zärtlichkeiten, die ihr euch erweist, auch nicht der Anblick und die Berührung dessen, was Dir an ihm am liebenswürdigsten erscheint, mich je dazu bringen werden, gegen diesen unerschütterlichen Vorsatz zu verstoßen. Die Nacht, die ich zufrieden in Deinen Armen verbringe, genügt mir völlig, um das Feuer zu löschen, das noch immer in meinen Adern brennt.

Einige widrige Umstände haben diese sanfte Ruhe, die ich durch Dich wiedergefunden habe, gestört. Die Heirat meiner Cousine sowie die Notwendigkeit, meine wirtschaftlichen Verhältnisse zu ordnen, haben meine Abreise nötig gemacht. Wir haben uns also für einige Zeit trennen müssen. Du hast mich beschworen, Dich nicht zu verlassen, und als Beweis meiner aufrichtigen Zuneigung habe ich Dir versprochen, Dir in allen Einzelheiten zu berichten, was ich Dir in kurzen Zügen schon eröffnet habe. Ah, welches Opfer an Klugheit habe ich da gebracht! Aber Du kennst Deine Macht über mich. Du weißt, wie sehr ich Dich liebe. Dir gehören heute alle Empfindungen meines Herzens. Während sie unter anderen Umständen der Welt und der Gesellschaft gehören würden, erntest nur Du allein sie.

Nimm zur Versicherung dessen tausend Küsse, die ich Dir schicke. Sie werden Dir sagen, wie sehr ich dem süßen Augenblick entgegenseufze, da ich Dich wieder in meinen Armen halten werde. Ah, meine Liebste, warum ist dieser Augenblick noch nicht gekommen? Ich hoffe wenigstens, daß er bald da sein wird. Ich werde Dir ein Kleinod mitbringen, das jenem Valsays ganz ähnlich ist, aber viel weniger Gefahren in sich birgt. Es ist zwar nicht ganz so natürlich, doch sind seine Vorteile desto größer, und es ist ganz ohne jedes Risiko. Wenn es Dir gefällt, wird unsere Freundschaft durch seinen Gebrauch noch reizvoller werden. Und wenn Valsay sich eines Tages von Dir trennen sollte, nun, meine liebste Freundin, so verzichte doch auf diese gefährlichen Liebschaften, die eines Tages fatale Folgen haben könnten. Begnüge Dich mit dem, was ich dir geben kann. Oh, meine Liebste, vergessen wir alles, um einander umso inniger zu halten!

Erwarte mich bald, ich will in Deine Arme.